Francine Chiappero

Sous les tilleuls en fleurs

Les Presses du Midi

« LES GRANDS BOIS ET LES CHAMPS SONT DE VASTES ASILES...»
(*Les Destinées*. Alfred de Vigny.)

À l'exception des animaux, les personnages, le temps et les situations ont été créés par l'auteur et sont purement imaginaires.

Toute ressemblance avec la réalité ne serait que fortuite.

À mon père, à ma mère.
À mon frère.
À mes chats.

Du même auteur
parus aux éditions les Presses du Midi

- La nature dans les Nouvelles de Pirandello. *(Répertoire - 1987)*
- Le sourire du chat *(Roman -1989)*
- Le symbolisme pirandellien *(Essai - 1990)*
- Le Pied bot *(Nouvelle policière - 1998)*
- Le fantôme du Wyoming *(Roman - 1999)*
- L'Enfant d'une reine *(Roman - 1999)*

Impression PDM

——

121 avenue d'Orient - 83100 Toulon
Tel. : 04 94 16 90 20 - Fax : 04 94 16 90 29
Réédition
Dépôt légal avril1999
ISBN : 2-87867-201-1

PREMIERE PARTIE

LA CHATTE DE CONSTANCE

I

Lorsque Constance fut remise de sa longue maladie, elle eut la surprise de voir arriver chez elle, par un jour ensoleillé du mois de mai, une petite boule noire, portant deux grosses taches blanches.

Natacha : c'est ainsi que Constance baptisa cette petite chatte d'un mois, au pelage luisant, aux yeux vifs. Elle égayait ses soirées interminables, avec ses bonds prodigieux, ses jeux inlassables, ses diverses péripéties.

Dès que Constance s'asseyait dans son fauteuil en rotin, celui qu'elle préférait parce qu'il était un catalyseur pour son imagination et qu'elle ne pouvait s'empêcher de penser à ce palmier d'Asie dont la branche de rotang est issue, Natacha venait se pelotonner sur ses genoux pour y ronronner, en toute quiétude et volupté. Constance l'observait entre deux mailles de son tricot ou entre deux images d'un film télévisé qu'elle regardait d'une manière distraite. Natacha le savait, elle le comprenait, elle lisait dans la pensée de Constance, comme le font tous les chats et c'est cela même que l'on appelle une transmission de pensée.

En effet, à plusieurs reprises, Constance avait eu cette étrange impression que la chatte saisissait sa pensée. Dès que Constance envisageait de se lever afin de vaquer à ses occupations habituelles, Natacha, la tête à demi enfouie dans sa fourrure et calée entre ses pattes postérieures, les yeux mi-clos, émettant un ronron si puissant qu'elle paraissait s'étouffer, relevait soudain la tête, s'étirait, bâillait, regardait Constance droit dans les yeux, se levait, arrondissait son dos, les pattes raidies, puis, d'un bond, sautait à terre et disparaissait, l'air digne, la queue relevée et recourbée. Pourtant, Constance n'avait fait aucun geste, aucun mouvement, elle n'avait même pas levé la tête, tout occupée à tricoter. Ce n'était pas non plus l'heure du repas, ce qui aurait pu expliquer l'attitude de la chatte. Mais non, Natacha s'était levée parce qu'elle savait pertinemment que sa maîtresse allait le faire et elle avait tout simplement pris les devants. Constance la découvrit, à nouveau enroulée sur elle-même, dans le panier en osier qu'elle lui avait tout récemment acheté. Alors, elle s'en allait à quelque tâche ménagère ou sortait pour se rendre à la petite épicerie du coin de la rue principale où elle trouverait de quoi composer son maigre repas et d'où elle ramènerait une tranche de jambon pour Natacha, à défaut d'une boîte de pâtée toute prête, si Célestine, l'épicière, n'avait pas renouvelé sa commande, car Constance savait bien que la chatte aimait des repas variés. Elle préférait ne rien manger plutôt qu'absorber la même pâtée deux fois de suite. Constance s'était affolée lorsque la chatte avait refusé, un jour, de prendre sa nourriture. Puis, elle avait fini par deviner les raisons d'une telle attitude. Il ne s'agissait pas là d'anorexie, mais de caprice ou de lassitude, devant un repas toujours le même. Sa prédilection allait aux croquettes au poisson ou plus rarement, à la viande. Constance l'entendait ronronner devant son plat garni, depuis sa chambre. Puis, le bruit régulier des croquettes broyées remplaçait le ronronnement de satisfaction que

Constance connaissait bien et qui était légèrement différent de celui que la chatte émettait dans d'autres occasions, par exemple, lorsqu'elle venait se blottir contre sa maîtresse pour y trouver refuge et protection.

II

Constance aimait cette intimité avec la chatte. Elle se souvenait de chaque détail, lorsqu'elle y repensait maintenant. Cette petite chatte abandonnée, égarée au septième étage de son immeuble, dans cette ville poussiéreuse et anonyme, à la sécurité incertaine avait sauvé Constance de son angoisse et lui avait redonné son équilibre, le goût de la lutte quotidienne, tout en égayant sa convalescence. Grâce à Natacha, elle avait à nouveau confiance en elle-même. Et, cette petite existence était venue au secours d'une autre, considérée comme plus importante et plus utile et qui était celle de la grosse Constance, s'essoufflant après le premier escalier qui conduisait à son ascenseur. Pauvre Constance ! Elle était déjà vieille à cinquante ans ! Elle n'avait pas vu sa vie passer. Quand elle y pensait, elle ne pouvait s'empêcher de pleurer sur elle-même. Et, chose étrange, depuis l'arrivée de Natacha, elle était plus gaie ; elle avait trouvé un nouveau but à sa vie. Jusque-là, elle ne s'était préoccupée que d'elle-même et de son métier, depuis le jour où elle avait dû quitter sa famille et son village natal pour travailler à la ville.

Elle avait d'abord été employée chez un notaire où elle

tapait le courrier, traduisait quelques actes. Maître Teuil lui faisait entièrement confiance. Le soir, en rentrant chez elle, elle reprenait ses études interrompues, lisait *A la recherche du temps perdu* de Marcel Proust qui était un de ses auteurs préférés. Elle aimait cet univers décrit par Proust, son style, cet « édifice immense du souvenir » dont il parlait, les portraits qu'il brossait de ses personnages. Elle trouvait l'apparition de tante Léonie avec sa madeleine et son infusion de tilleul, fort suave. Tante Léonie ! N'était-elle pas devenue elle aussi tante Constance, avec ses trois neveux et ses deux nièces, qu'elle ne voyait que rarement, depuis qu'elle était à Mongel, situé à cent kilomètres de Porvan, son village, où sa sœur avait pu rester après avoir épousé le pharmacien, beaucoup plus âgé qu'elle mais très gentil et cultivé. Constance n'avait jamais envié cette sœur plus jolie qu'elle, d'une grande vivacité, très bavarde et qui aimait la faire rire. Elle comprenait tout à fait pourquoi ses parents la préféraient. Elle avait de grandes qualités qui avaient suscité l'attention du pharmacien. Elle savait évoluer avec aisance dans n'importe quel milieu social, soutenir une conversation, trouver les mots appropriés. Et tout cela venait s'ajouter à son minois de jeune fille aux yeux bleus. Amaya était aussi beaucoup plus jeune que Constance. Celle-ci avait dix ans quand sa sœur était née. Elle se souvenait parfaitement de ce jour-là. Le médecin était venu accoucher sa mère à la maison et Constance en avait été éloignée pour la journée. Sa tante Germaine l'avait emmenée chez elle, sur le porte-bagages de sa bicyclette rouge. Pour Constance qui ne sortait jamais de cette grande maison de campagne où ses parents habitaient, cela avait été une vraie fête de passer cette journée chez sa tante célibataire qui occupait un petit appartement près de la mairie, en face de l'unique pharmacie. De plus, tante Germaine avait été très gentille avec elle et cette douceur était venue compenser le manque d'affection dont elle souffrait, depuis quelque temps. Sa mère était fatiguée par sa grossesse et ses tâches ménagères, sans compter les deux vaches et l'ânesse dont elle devait s'occuper. Il n'y avait plus de place pour Constance dans l'emploi du temps de sa mère comme dans son cœur. Mais cela aussi, la petite Constance le comprenait et elle n'en voulait à personne, car son père rentrait également épuisé des champs.

Qui aurait pu croire qu'un jour Amaya épouserait Cyprien, dont Constance revoyait encore la pharmacie illuminée de ce jour-là ?

D'ailleurs, Constance avait rencontré Cyprien sur la place. C'était un garçon riche, bien vêtu, bien élevé. Constance avait eu honte de ses grosses chaussures et de sa blouse à carreaux. Mais Cyprien lui avait parlé gentiment, étonné par cette présence inhabituelle. Il allait déjà au collège, au bourg voisin et il était presque un jeune homme.

Constance retrouvait maintenant son enfance, aussi terne qu'avait été sa vie. Son retour à la maison, le jour de la naissance d'Amaya, le médecin qui l'avait accueillie sur le pas de la porte, une boîte à la main. Tout était d'une précision étonnante, aujourd'hui encore. Ce médecin si dévoué lui avait dit que sa petite sœur avait voyagé dans cette boîte et qu'elle dormait maintenant dans son berceau. Constance ne l'avait pas cru. Elle savait bien qu'Amaya avait séjourné dans le ventre de sa mère. Mais cela ne l'intéressait pas, seulement la boîte l'avait intriguée. Elle apprit beaucoup plus tard que celle-ci contenait les forceps dont le médecin ne s'était d'ailleurs pas servi.

Constance pensait à tout cela, pendant ses soirées solitaires. Mais, depuis que Natacha était arrivée à la maison, les choses avaient changé pour elle. Constance se sentait moins inutile. La chatte lui avait fait prendre conscience que le repli sur soi-même, quelles qu'en fussent les raisons, n'était autre que synonyme d'égoïsme.

Et voilà Constance à la recherche d'œuvres de bienfaisance auxquelles elle pourrait participer. Elle en trouva, bien sûr, car la misère n'est pas une utopie, c'est bien une réalité, une réalité de tous les temps, de tous les milieux, si l'on pense à la misère morale, de tous les régimes.

Constance aimait le Président actuel. Elle le trouvait dynamique. Mais, elle n'était pas toujours d'accord avec ses idées. Celles de Constance étaient vaguement à gauche. Cependant, elle respectait l'idéal de chaque parti politique. Elle se souvenait aussi de tout ce que chacun avait fait pour son pays, pendant la Grande Guerre, où ce monde en folie avait tenté de s'autodétruire.

Constance pensait que l'être humain ne valait pas mieux que l'animal le plus sanguinaire. Car, à sa connaissance, aucune espèce animale ne tuait par plaisir, mais par nécessité et la guerre lui semblait un jeu cruel, horrible, puisque le respect de la vie y était à ce point bafoué. Evidemment, Constance était trop sensible. C'était ce que lui répétait son chef de bureau, dans la compagnie d'assurances où elle travaillait maintenant, depuis déjà vingt ans et où elle était très estimée. Son travail n'était pas toujours parfait. Mais elle n'hésitait pas à emporter quelques dossiers qu'elle compulsait chez elle, même le dimanche. C'était elle aussi qui partait la dernière et arrivait la première sur le lieu de son travail. Ceci ne pouvait passer inaperçu. Mais, ce n'était pas dans ce but qu'elle agissait, seul l'amour pour ce qu'elle faisait lui dictait la conduite à suivre.

III

A la ferme de ses parents, Constance avait toujours vécu, entourée d'animaux. Cependant, elle ne les avait jamais observés avec cette attention particulière qu'elle portait à Natacha. Les oies criardes qui pinçaient les mollets et vous battaient de leurs grandes ailes déployées, les canards qui se dandinaient ou plongeaient, tête première, dans la vase de leur mare, les poules qui s'affolaient aux moindres événements insolites, les coqs orgueilleux et chanteurs, les dindons qui se croyaient si beaux et qu'elle trouvait laids, n'étaient là que pour être mangés. Alors, mieux valait leur ôter toute forme d'intelligence et de sensibilité. Maintenant, Constance revoyait cette basse-cour, et elle était persuadée que tous ces animaux comprenaient le sort qui leur était réservé.

Vivre pour finir mangé, n'était-ce pas aussi le sort de l'homme ? C'était, du moins, ce que Constance se répétait dans son for intérieur. La vie lui apparaissait à ces moments-là d'une cruelle vérité. La vie était absurde et Constance la défendait. Le monde devenait de plus en plus brutal, méchant, dur, insensible et sauvage. La cruauté dont faisait preuve quelquefois l'être humain dépassait ce que les animaux les plus terribles étaient capables de faire. Pourtant, Constance continuait à espérer. Tout cela n'était que les conséquences d'une situation subie par un monde qui changeait, souffrait, se cherchait. Elle n'accusait aucune politique d'en être la cause, car ce phénomène était mondial et de plus, Constance était intelligente. Elle comparait l'être humain à une montagne. Quand celle-ci changeait de forme, elle ne le faisait pas sans détruire. L'homme était en pleine évolution et celle-ci ne se faisait pas sans mal. Ceci expliquait aux yeux de Constance cette vague d'insensibilité, d'atrocités qui déferlait sur le monde. Il y avait aussi les facteurs économiques qui entraient en jeu. Pourtant, Constance savait pertinemment qu'aucun parti politique, quel qu'il fût, n'apporterait de remèdes vraiment efficaces car le miracle n'appartenait pas aux hommes et elle croyait fort peu à toutes les promesses qui arrivaient de toutes parts. Elle ne pensait pas que la dictature ou la guerre serait une solution et elle était effrayée d'entendre que des gens pouvaient adhérer à une telle opinion. Etait-ce à nouveau l'horreur de la dernière guerre mondiale qui allait recommencer ? Bafouer les droits de l'homme était pour elle la chose la plus grave, la plus terrible que l'on pût accomplir. Et voilà que les êtres humains devenaient de plus en plus nombreux à vouloir soudain détruire ce qu'ils avaient édifié avec tant de difficultés. Comment l'homme pouvait-il accepter que l'homme lui-même fût bafoué ? Constance ne comprenait pas. Comment pouvait-on être contre soi-même ? Etait-ce logique ? Non, certes ! Cela ne l'était pas. Mais, d'ailleurs, autour de l'être vivant rien n'était logique. Il naissait et déjà il commençait à mourir. Il luttait toute une vie pour des idées, pour une famille, pour édifier quelque chose et voilà que la mort l'emportait. On ne savait plus rien de lui, sinon qu'il dormait dans la terre, cette mère commune d'où nous venons et où nous retournons. Elle avait lu cela dans *La psychanalyse des éléments* de Gaston Bachelard qui rapportait une pensée de Michelet.

Mais depuis qu'elle avait Natacha, ce petit être vivant auprès d'elle, elle souffrait moins de toutes ces contradictions humaines. La chatte lui avait ouvert une entrée dans un monde nouveau où régnaient la simplicité, une joie pure, sans arrière-pensée. Constance observait longuement la chatte et elle se sentait devenir plus sereine, plus heureuse. Les problèmes de l'univers, la cruauté gratuite, la méchanceté permise s'estompaient peu à peu pour laisser la place à une quiétude intérieure, à un bien-être égoïste peut-être, mais non moins vrai.

Lorsque Constance emmenait Natacha dans son petit village natal de Porvan où vivait sa famille, dans la ferme de ses parents, elle assistait aux jeux de plein air de la petite bête qui, heureuse d'être à la campagne, loin de la ville bruyante et du petit appartement sans terre de sa maîtresse, s'en donnait à cœur joie. Elle bondissait, sautait en gonflant ses poils et en faisant le gros dos pour impressionner le chien de garde qui ne manquait pas de la poursuivre et une course effrénée commençait d'où Natacha sortait toujours victorieuse. Elle grimpait dans un arbre, allait jusqu'au bout de la dernière branche, puis, surprise de son audace, miaulait désespérément, avant d'amorcer une petite marche arrière qui lui permettait ainsi de se retourner, dès que la branche devenait plus épaisse, et commencer enfin une descente où sa dignité ne souffrirait aucun dommage. Au bas de l'arbre, elle se sentait quand même plus rassurée. Alors, lentement, élégamment, Natacha, la queue relevée, mettant ses pattes postérieures l'une devant l'autre, et se déhanchant de cette façon, passait, la tête droite, coquette et fière, devant le chien étonné et peu habitué à une telle affectation, à un tel maniérisme. Rox, tout comme Constance, ne pouvait s'empêcher d'admirer la beauté parfaite des lignes de ce corps de félin miniature, sa souplesse, sa distinction, le charme qui en émanait. La préférence de Natacha allait au tilleul. C'était un arbre immense, tout en rondeur et qui, un jour, par hasard, avait poussé devant la maison. Aujourd'hui, il la cachait presque entièrement. Au mois de juin, il embaumait avec ses petites fleurs aux pétales transparents et linéaires, jaunes et blancs. Constance venait souvent à ce moment de l'année, à la ferme, pour assister à la floraison de cet arbre. Elle aidait sa vieille mère, à la cueillette de ces fleurs parfumées. Elle les faisait sécher et les gardait pour l'hiver, afin d'en faire quelques tisanes, lorsque les rhumes, les grippes apparaissaient. On ajoutait du miel à ces décoctions pour les rendre sucrées. Constance en rapportait chez elle et n'attendait pas d'être enrhumée pour se préparer cette boisson chaude et odorante. Les senteurs de la campagne, celles des fleurs du tilleul ou, plus tard, celles du foin fraîchement coupé, puis retourné, ou celles même du fumier de l'étable où séjournaient les deux vaches et la chèvre, la bouleversaient. Elle aimait sa campagne, la nature et les êtres vivants, que ces derniers soient des humains, des animaux ou des végétaux, Constance ne faisait pas beaucoup de différence, puisqu'elle les défendait tous, parce qu'ils vivaient. On sentait en elle, par sa façon d'agir et d'être, un immense respect non feint pour tout aspect de la vie dans l'univers, même sous ses formes les plus infimes. Elle évitait de poser le pied sur un insecte, car elle savait que la vie de certains d'entre eux est éphémère. Elle leur laissait cette chance qui n'était pas des moindres. A une époque où l'on faisait si peu de cas de la vie humaine, elle s'entêtait à vouloir protéger la vie. Tout le monde parlait de tuer, ou presque. On était prêt à tout pour obtenir ce que l'on voulait. La fin justifie les moyens !

Et Dieu, dans tout cela ? Où était-il ? Que faisait-il pour ce monde en délire ? S'amusait-il du désarroi de ces poussières infinitésimales appelées êtres humains, se débattant dans un univers de plus en plus hostile, ou bien prenait-il pitié de ces fourmis industrieuses dont la nature, un jour, ennemie, détruisait d'un seul coup l'ouvrage si difficilement édifié ?

Ces pensées constituaient la seule révolte de Constance. Et d'ailleurs, celle-ci ne faisait que reprendre quelques mots de Pirandello, un écrivain du début du siècle, qui avait été le peintre, dans ses nouvelles de la vie amère, de la fatalité. Cet auteur avait voulu écrire une nouvelle pour chaque jour de l'année. La mort l'avait cueilli sans qu'il ait pu achever son œuvre. A cette époque, Constance était une petite fille.

IV

Depuis quelque temps d'ailleurs, Constance allait régulièrement à la messe, faisait preuve de charité et demandait pardon à Dieu pour ses révoltes intérieures. Elle savait que Dieu existait. Mais, pour elle, il était dans le monde et non hors du monde. Il se trouvait en chaque être vivant et non seulement dans les humains. Il était aussi dans le tilleul qui fleurissait un jour, à l'improviste. Il était dans tout ce qui était beau, parfait, mais aussi dans chaque être vivant qui souffrait physiquement ou moralement. Cette pensée rassurait Constance. Elle lui redonnait courage, espoir. Pour elle, Dieu ne faisait aucun choix parmi ce qui vivait, puisqu'il vivait en chaque être. Dieu était l'ensemble de la vie, Dieu était la Vie. C'était réconfortant. Etait-ce la pensée chrétienne ? Etait-ce la croyance chrétienne ? Constance s'en souciait peu. Depuis qu'elle était retournée à la messe, elle essayait de réapprendre ce qu'elle avait oublié. Mais, elle transformait un peu ce qu'elle recevait. *A chacun sa vérité !* Du moment que celle-ci aidait Constance à vivre, à être heureuse et à aider les autres pécuniairement mais aussi moralement, car Constance n'était pas riche, Dieu ne pouvait s'en offusquer.

Un soir, elle avait récité le chapelet dans la petite sacristie de Porvan où venait d'arriver un nouveau prêtre qui, selon elle, était plus proche de ce que l'on pouvait espérer d'un prêtre. Pour lui, aller régulièrement à la messe n'était pas suffisant. Il fallait vivre l'Evangile au jour le jour, mettre en pratique l'enseignement du Christ. En fait, c'était ce que disaient tous les prêtres, mais Constance ne l'avait vraiment compris qu'à travers les paroles du père Elphège. C'était un homme déterminé, à l'esprit pratique, aux deux pieds sur terre et qui croyait plus à l'action qu'à la contemplation pour apporter un remède à la souffrance, à la pauvreté, à la misère, à la désespérance. Agir, il fallait agir, s'organiser, lutter. Constance l'avait aimé le premier jour où elle l'avait écouté, du moins avait-elle aimé les mots qu'il avait prononcés.

L'existence du père Elphège, Natacha, la pensée que Dieu n'avait choisi personne, mais laissait une chance à chacun, ses parents, la ferme avec ses animaux et enfin le tilleul, tout cela formait un petit univers rassurant où Constance trouvait un bonheur simple, vrai, pur et que, sans nul doute, personne n'aurait envié, mais elle s'en souciait bien peu. Elle luttait contre son égoïsme et son amour de la solitude, en apportant son aide à ceux qui en avaient besoin. Elle allait faire des visites régulières aux vieilles personnes de Porvan qu'elle connaissait et qui, quelquefois, lui parlaient de leur enfance, car les vieillards se souviennent plus facilement des événements éloignés dans le passé, que de ce qu'ils ont fait eux-mêmes, la veille. Il semble, à les entendre, que la mémoire immédiate ne leur appartienne plus et même lorsque celle-ci est affective.

Constance les gâtait. Elle leur apportait quelques mets qu'elle avait cuisinés spécialement pour eux et qui étaient toujours réussis. Dès que l'un d'eux tombait malade, elle allait le voir à l'hôpital. Un jour, elle apprit qu'Anastasie, âgée de quatre-vingt-neuf ans, l'ancienne infirmière du village du temps de son enfance, s'était enfin décidée à entrer dans une maison de retraite éloignée de Porvan d'une centaine de kilomètres. Cela n'allait pas être facile de s'y rendre. Néanmoins, Constance se promit fermement d'aller voir Anastasie dès que possible pour lui apporter quelques gâteries et lui donner des nouvelles des autres membres du foyer des Anciens du village. Anastasie était restée très jeune d'esprit. Elle allait rarement au foyer, car, disait-elle, il n'y avait que des vieux et elle les trouvait ennuyeux avec leurs radotages. Tels étaient ses propos qui amusaient beaucoup Constance. Jusque-là, la vieille Anastasie n'avait pas voulu quitter sa maison où elle évoluait encore sans trop de mal, à cause de son compagnon à quatre pattes, comme elle l'appelait. Ce chien qui n'avait pas toujours bon caractère d'ailleurs, aimait bien Constance. Mais l'odeur de Natacha que celle-ci transportait à son insu, incommodait ce vieux Pompon qui, soudain, se mettait à grogner, sans que l'on comprît bien pourquoi. Pompon était le seul ami fidèle et véritable d'Anastasie, car seuls les animaux sont capables d'un tel amour désintéressé et pur qu'ils deviennent même des agents thérapeutiques pour l'être humain.

Mais un jour, Pompon mourut de vieillesse. Alors, Anastasie se sentit incapable, tout à coup, de s'assumer. Elle était vaincue : elle était vieille. Elle partit donc dans cette maison de retraite où on l'assisterait en toutes choses.

Constance réfléchissait : elle pensait à la tendresse, à l'amour entre les êtres qui existait malgré leur différence. A vingt ans, elle-même avait aimé. Maintenant, elle aimait encore et c'était tellement différent. Elle était tombée amoureuse d'un être sans scrupules qui lui avait promis le mariage et qui était déjà marié au moment même où il lui avait demandé sa main. Cependant, il avait été pris à son propre piège. Il était devenu amoureux de Constance, lorsque celle-ci avait enfin réussi à se libérer de ce lien qui lui avait paru si tenace. Elle avait triomphé. Mais quel en avait été le prix ? Elle avait beaucoup souffert et désespéré avant de se sentir à nouveau libre. Elle avait chassé la haine de son cœur. Elle n'avait ressenti que de la pitié pour celui qui, croyant prendre, avait en fin de compte été pris. C'était lui maintenant qui souffrait, c'était lui, Emilien, qui était dans le creux de la vague. Et parce que Constance ne l'aimait plus, Emilien s'était pris d'amour pour elle, d'un amour infini et pur, d'une tendresse qui n'admettait plus de partage. Mais, Constance avait trop souffert pour s'apitoyer sur le sort d'Emilien. Seule la pitié avait un temps envahi son cœur, mais ensuite, elle avait fait place à de l'indifférence. Constance n'avait plus voulu entendre parler de lui. Elle était heureuse ainsi depuis bien des années. Elle donnait tant d'elle-même, dans son métier comme dans ses diverses œuvres de charité, qu'elle dépensait toute son énergie et n'avait plus ni le temps, ni l'envie de penser à cet autre aspect de l'amour et, chose étrange, elle ne s'en portait que mieux. De l'instinct maternel, c'était Natacha qui l'en guérissait. Constance n'avait pas d'enfants et elle n'en souffrait pas. Au contraire, elle était presque satisfaite que cela n'eût pas eu lieu. Qu'aurait-elle pu offrir, en effet, à des enfants ? La vie, certes ! Mais, dans un monde où régnaient l'incertitude et l'insécurité, quelle place aurait été la leur ? Constance y songeait souvent et elle ne regrettait rien. Elle éprouvait pour Natacha une grande tendresse. Et puisque cette chatte lui avait fait prendre en même temps conscience de son égoïsme, qu'elle y remédiait activement, n'étant plus inutile, elle ne ressentait aucun malaise, aucune honte à aimer la chatte comme une enfant. D'ailleurs, celle-ci l'occupait beaucoup. Depuis qu'elle était à Porvan, Constance devait la surveiller car on avait construit une autoroute en contrebas du plateau où se trouvait la ferme de Monsieur et Madame André, les parents de Constance. Celle-ci s'était révoltée, la première fois où elle était revenue dans son village, après des années d'absence, car elle avait dû assister à la construction de cette autoroute destructrice, comme elle l'appelait. En effet, la plus haute colline, la plus verdoyante aussi, avait été coupée en deux parties presque identiques et lorsqu'on l'observait depuis le plateau, on aurait dit la mâchoire béante d'un monstre terrible et puissant. C'était cela la marque du progrès et Constance n'avait pas le droit de s'en offusquer. Mais, l'autoroute était meurtrière pour toutes les petites bêtes des bois, sans compter les chiens et les chats et, bien sûr, les humains.

Alors, Constance surveillait Natacha et Natacha épiait Constance, car la chatte avait bien envie d'aller explorer cet autre versant de la colline que l'on apercevait depuis la ferme mais, pour cela, il fallait traverser l'autoroute à pattes et ceci représentait un danger évident qui excitait le petit animal et qui faisait trembler Constance. A la première disparition de la chatte, celle-ci l'avait cherchée vainement toute la journée. Elle n'était même pas rentrée pour le déjeuner. La nuit tombait, elle était encore à sa recherche. Puis, soudain, elle l'avait aperçue, tout là-bas, dans un pré où elle était passée à plusieurs reprises, sans la voir. Elle avait discerné une tache noire, dans l'obscurité qui s'étendait peu à peu, autour d'elle. C'était une tache en mouvement et Constance avait tout de suite compris qu'il s'agissait de la chatte. Mais dès qu'elle fut à l'endroit précis où elle avait distingué cette forme, celle-ci avait de nouveau disparu. Et Constance, bouleversée, malheureuse, continuait à chercher la chatte dans la fraîcheur d'un soir de novembre, se heurtant aux racines, s'égratignant à quelques ronces, déchirant ses vêtements qui s'y accrochaient. Constance ne rentra que fort tard, dans la soirée.

Elle serrait contre elle une petite boule noire qu'elle venait d'arracher aux ténèbres envahissantes et, sans aucun doute, meurtrières, car si Natacha était restée dehors, la nuit aurait eu raison d'elle. La chatte aurait essayé d'explorer ce monstre infernal et là, éblouie par les phares des automobiles, elle ne serait pas allée bien loin. De cela, Constance en était persuadée. Elle venait de remporter une victoire sur la mort. Elle venait de lui enlever Natacha, laquelle, heureuse de l'issue que prenait son escapade, après avoir joué tout le jour et une partie de la nuit, se serrait contre Constance pour y trouver refuge, protection et chaleur, tout en ronronnant d'aise, tandis que la pauvre Constance, glacée jusque dans la dernière goutte de son sang, effarée, priait Dieu pour le remercier de lui avoir rendu sa joie de vivre et sa raison d'espérer.

C'était un tableau bien étrange que formaient cette femme de cinquante ans et cette chatte menue qui n'avait pas dix mois !

Chaque fois que Natacha s'absentait trop longtemps, c'était la même comédie qui recommençait. A nouveau, Constance remportait une victoire pour la Vie. Et, un soir, ce fut au risque de perdre la sienne, puisqu'elle était à demi tombée dans un puits caché sous des branchages, un puits perdu dans la campagne. Elle avait eu le temps de se raccrocher à une branche d'olivier qui n'avait pas cédé, malgré le poids de Constance. La jambe droite était passée entièrement dans l'ouverture béante du puits, tandis que l'autre s'était repliée sur la terre ferme. Désespérément, Constance s'était agrippée à ce rameau sauveteur, en pensant à la chatte, au sort de cette dernière, si elle allait mourir. Elle s'accrocha donc avec cette idée à la branche et elle eut la vie sauve.

C'était un chassé-croisé entre Constance et sa chatte. Elle sauvait la chatte et la chatte la sauvait d'une manière détournée. Elle savait bien que Natacha n'aurait plus droit aux deux pièces qu'elle occupait dans la vaste ferme de ses parents. Elle serait reléguée au hangar, dans la poussière et dans le courant d'air. Fini le lit de la maîtresse ou les paniers douillets !

En effet, Constance avait acheté à Natacha un nouveau panier. Ce dernier était en forme de berceau, capitonné, à demi recouvert, orange, marron et jaune. Ces couleurs étaient disposées en forme de losanges. Constance avait placé ce nouveau nid au-dessus de l'armoire pour que Natacha puisse s'isoler, lorsque des gens venaient à la maison, car la chatte s'enfuyait à la première arrivée pour sortir ensuite de sa cachette et amorcer une petite approche faite de prudence et de circonspection.

V

Depuis que Constance travaillait à Porvan, elle habitait à la ferme. Ses parents qui avaient donné leur maison de village à Amaya, avaient offert à Constance de vivre avec eux. Elle pourrait ainsi habiter dans les deux pièces du rez-de-chaussée donnant sur le grand pré, celui qu'elle préférait. Elles étaient ensoleillées, vastes et claires, même l'hiver. Constance accepta volontiers. Elle aimait la campagne. De plus, elle pourrait veiller sur ses parents qui vieillissaient et participer aux charges. Elle sentait pourtant bien que ceux-ci ne l'aimaient pas beaucoup. Seule, Amaya avait toujours eu droit à cet amour parental, quoi qu'elle eût pu faire en bien comme en mal. Ses enfants, son mari même, étaient choyés par les parents de Constance qui l'oubliaient, elle. Constance comprenait que l'on préférât sa sœur qui était gaie, dynamique, jolie. Pourtant, quelquefois, elle souffrait de ce manque d'amour qu'elle sentait autour d'elle ; et d'autant plus qu'elle représentait pour ses parents la seule personne sur laquelle ils pouvaient compter désormais, moralement comme pécuniairement, bien que Constance ne fût pas riche.

Amaya vivait convenablement, elle était aisée, cependant, elle se contentait toujours de recevoir et ne donnait jamais rien en échange. Elle était égoïste et personnelle, mais elle avait eu cinq enfants et Constance lui pardonnait volontiers ces petits différends. Elle était si heureuse de voir arriver ses trois neveux et ses deux nièces dans son petit appartement qu'elle en oubliait tout le reste, tant ils animaient de leur présence la ferme devenue solitaire, malgré le cri des animaux, le bruit lointain et confus de l'autoroute. Ils se poursuivaient, hurlaient, voulaient que Constance jouât avec eux, qu'elle participât à ces jeux désordonnés et barbares qui l'effrayaient et pour cela même amusaient les enfants.

Natacha grimpait sur l'armoire, dans son refuge capitonné à losanges. De là-haut, elle attendait une accalmie pour risquer prudemment un œil hors de sa cachette sûre, de sa tour d'ivoire. Elle comprenait que Constance préférait la savoir dans ce refuge où les enfants ne pouvaient l'atteindre, car celle-ci se méfiait de ce qu'ils étaient capables de faire, ainsi emportés par la fièvre de leurs jeux.

Les enfants aimaient les animaux. Pour Constance, cela ne faisait aucun doute. Toutefois, elle savait qu'ils pouvaient être cruels dans leur innocence. Donc, elle essayait de les surveiller de près quand ils venaient à la ferme. Rox, le chien de ses parents, était fou de joie. Il allait chercher la balle que les enfants lui lançaient pour la leur rapporter entre ses dents. Il retroussait ses babines et montrait des crocs puissants, d'une blancheur étonnante et que Constance enviait. Elle se lavait les dents trois fois par jours et elle était loin d'arriver à ce résultat. Cela l'amusait d'y penser.

Rox revenait, essoufflé, un filet de bave entre ses lèvres et Natacha, une fois le calme revenu et les neveux partis, ne daignait plus s'approcher de lui. Il était malpropre, ce chien ! Lui se souciait bien peu de ce que pensait cette mijaurée qui venait de la ville, dormait dans un lit et de surcroît sous les draps, dès que les premiers froids arrivaient. Elle faisait pleurer cette bonne Constance, avec ses disparitions bizarres et ses rentrées tardives. Pour qui se prenait-elle ? Rox se le demandait souvent. Il avait toujours couché dans sa niche, sous le hangar et il trouvait que c'était bien ainsi. Il était vrai que sa situation s'était nettement améliorée depuis que Constance était venue vivre à la ferme. Il avait de la paille dans sa niche, un tapis épais devant sa porte, et sur le toit, de la moquette. Mais il ne désirait pas tout cela. D'autant plus que si quelqu'un allait s'introduire dans la ferme pour voler les animaux, il ne l'entendrait même pas et alors sa dignité de chien de garde, sa renommée de chien méchant, comme il était écrit sur le portail, en souffriraient certainement. Rox était devenu douillet, maintenant, en vieillissant et s'il se plaignait d'être trop bien soigné par Constance, c'était un peu pour la forme. Il aimait ces croquettes à la viande que sa maîtresse lui rapportait de la ville, lorsqu'elle allait faire quelques courses ou voir des malades à l'hôpital. Justement, Rox songeait, tout à coup, qu'elle devait y retourner ces jours-ci, parce que l'on y avait transporté d'urgence la vieille Mélanie qui souffrait d'une hépatite virale. A quatre-vingt-trois ans, cela ne laissait rien présager de bon et selon Rox, Constance ferait bien de se dépêcher de lui rendre visite.

Enfin, Rox aussi se sentait vieux, surtout depuis que ce petit diable noir de Natacha était venu s'installer à la ferme. Elle ne cessait de le narguer avec ses bonds prodigieux et toutes ses prouesses. Tenez ! L'autre jour, elle avait poursuivi un écureuil, jusque sur la dernière branche du tilleul. Il venait de la colline, mais ce qu'il cherchait dans la cour, Rox se le demandait encore. Il ne voyait pas pourquoi il se trouvait là. Eh bien, Natacha allait presque aussi vite que lui et elle courait avec une telle agilité que Rox l'avait enviée. Ensuite, elle s'était aplatie au pied du tilleul, pour attendre le petit animal. Elle croyait qu'il était toujours là-haut. Pourtant Rox l'avait vu sauter sur la cime du pin. On aurait dit qu'il volait. Natacha était restée au pied de l'arbre, pendant plusieurs heures. Elle était persuadée qu'il n'avait pas pu redescendre. Elle l'avait accompagné jusque sur la dernière branche, mais elle ne s'y était pas engagée, car elle était devenue astucieuse. Elle savait quelles difficultés allaient être les siennes, si elle avançait sur cette branche étroite. Elle était donc immédiatement descendue et elle s'était cachée au pied du tilleul. Rox ne lui avait rien dit. Il s'était bien moqué d'elle, intérieurement. Il avait même ri et cela l'avait vengé en partie des humiliations qu'il avait subies à cause de cette chatte au caractère entier. Mais, en y réfléchissant bien, Rox pensait que Natacha était affectueuse, seulement voilà, elle l'était à sa manière, et Rox, lui, n'aimait pas ce qui était trop compliqué. Il n'était pas psychologue. De plus, il trouvait à Natacha un air maniéré qui l'agaçait.

Le matin, quand elle sortait de l'appartement de Constance, elle commençait par sentir tout ce qui était sur la terrasse, puis elle s'en allait vers le pré en levant haut ses pattes, s'arrêtant au passage pour recouvrir les excréments de Rox que Constance n'avait pas encore eu le temps d'enlever. Rien que d'y songer, celui-ci en rougissait de honte. Cela lui était difficile parce qu'il était marron clair mais c'était une façon d'exprimer l'embarras qu'il ressentait. De plus, c'était une expression qui lui plaisait, car les enfants la répétaient souvent devant lui, à propos, bien sûr, de leurs camarades de classe.

VI

Parce que Constance s'était attachée à la chatte d'une manière excessive, ses parents n'aimaient pas la chatte. Ils étaient en admiration devant tout ce qui touchait de près ou de loin Amaya et détestaient tout ce que Constance préférait. Un jour, sa mère avait lancé la chatte par-dessus un grillage de deux mètres parce qu'elle l'avait trouvée dans le poulailler. Constance lui en avait voulu. Elle pensait qu'elle n'aurait pas agi ainsi, si au lieu de Natacha, c'était le chat d'Amaya qu'elle avait trouvé en train de surveiller les poules. Constance s'était inquiétée pour la chatte. Elle lui avait massé les pattes. Celle-ci, peu habituée à un tel traitement, s'était d'abord dirigée vers le réfrigérateur où se trouvait sa viande et Constance lui en avait coupé de petits morceaux que Natacha avait avalés goulûment, car il est bien connu que les émotions aiguisent l'appétit.

Parfois, Constance se révoltait à cause de l'injustice qui l'accablait. Elle était gentille avec tout le monde, elle essayait de soulager la misère des gens qu'elle connaissait ou qu'elle n'avait jamais vus et cela, par l'intermédiaire d'œuvres diverses. Cependant, rien ne ricochait vers elle. Avec tout ce qu'elle faisait pour ses parents, elle ne réussissait même pas à gagner un peu de leur tendresse. Quelquefois, un doute au sujet de sa naissance effleurait son esprit. Peut-être y avait-il un secret et ceci donc aurait pu expliquer cela. Mais elle chassait vite cette ombre qui était vraiment sans fondement. Aussi loin qu'elle pouvait regarder en arrière, elle ne voyait rien qui aurait pu justifier le moindre doute à ce sujet.

Alors, Constance se repliait un peu plus, chaque jour, sur elle-même et elle songeait à quitter la ferme. Mais elle travaillait maintenant à Porvan et les appartements à louer dans ce village étaient plutôt rares. De toute façon, s'il était arrivé quelque chose à ses parents, c'était encore elle qu'on serait venu appeler à l'aide, car personne n'aurait songé à déranger Amaya. Quelquefois, Constance pensait que Dieu avait fait un choix. Dans sa famille, c'était certain. Les inconvénients étaient pour Constance, les avantages pour Amaya. C'était en effet bien partagé. Qui aurait pu s'en plaindre sinon elle-même ? Constance avec sa bonté innée, une fois ses moments de révolte passés, n'y songeait plus. Alors ?

Alors, il en résultait que la famille restait ainsi unie, le malheur pour Constance et le bonheur pour Amaya, les difficultés pour la vieille fille, comme sa mère l'appelait parfois, en plaisantant, et les facilités, l'aisance pour la femme mariée. Malgré l'argent qu'il possédait, Cyprien ne dépensait presque rien pour le ménage.

Tous les matins, Mme André descendait au village, à bicyclette, pour astiquer d'abord la pharmacie, ensuite la maison d'Amaya, qui passait son temps à lire, écrire ou jouer du piano. Mme André s'occupait aussi des cinq enfants. Elle les avait pratiquement élevés. C'était elle encore qui les accompagnait à l'école. Il ne fallait pas qu'Amaya sortît trop tôt le matin, elle aurait pu prendre froid !

Puis, ses corvées terminées, Mme André rentrait à la

ferme. Midi avait depuis longtemps sonné. Elle était fourbue, si bien qu'elle avait peu de goût pour poursuivre sa tâche personnelle et c'était bien souvent Constance qui terminait ce qui n'avait pas été achevé, en rentrant de son travail ou pendant ses week-ends.

Les premiers légumes, les premiers fruits étaient réservés à Amaya. Ensuite, on vendait les autres sur le marché et ceux qui étaient impropres à la vente, à cause de leur taille ou de leur aspect peu engageant, M. et Mme André se les réservaient et quelquefois, ils en offraient à Constance. Mais, lorsque celle-ci leur demandait une salade ou des poireaux, elle préférait les payer. Ils disaient que ce n'était pas la peine, qu'elle pouvait se servir dans le jardin. Mais elle n'osait pas. Pourtant, on sentait qu'ils auraient aimé qu'elle le fît. Cela arrivait avec les tomates, l'été. Il y en avait tant que Constance en cueillait pour chacun de ses repas de midi. Mais, en échange, elle rapportait du village d'autres denrées qu'elle achetait à l'unique épicerie que tenait Blanda, une amie d'Amaya. Celle-ci était blonde, menue et élégante. Plus âgée que son mari, elle voulait paraître plus jeune. Mais elle se fardait trop au goût de Constance. Cela lui donnait un air provocateur et lui faisait une réputation de légèreté qu'elle ne méritait pas.

En fait, personne ne demandait rien à Constance. C'était elle qui offrait ce qu'elle pouvait à sa famille ou à des œuvres de bienfaisance. Elle se créait ainsi plusieurs raisons d'exister, des contraintes avec sa chatte, Rox, ses parents, ses neveux, les vieilles personnes du foyer et toutes les œuvres auxquelles elle participait allègrement et qui représentaient pour elle certaines privations, car son salaire n'était pas très élevé.

Mais Constance avait besoin de toutes ces choses, de

toutes ces personnes autour d'elle, de ces petits détails qui transformaient sa vie quotidienne.

En effet, sa présence auprès de ses parents n'était pas vraiment nécessaire puisque ces derniers possédaient encore toute leur énergie. Quant à Natacha et à Rox, ces gâteries perpétuelles, ces caresses excessives, ces soins déplacés qu'elle leur prodiguait, ils finissaient par les abhorrer. Cependant, Constance croyait bien faire et elle ressentait une certaine quiétude en ployant sous le poids du devoir accompli.

VII

Depuis quelque temps déjà, Constance maigrissait. Elle se sentait de plus en plus fatiguée et le trajet journalier entre sa maison et son bureau achevait ses dernières forces. Elle regrettait parfois d'avoir obtenu cette place à Porvan.

— Nul n'est prophète en son pays ! songeait Constance en citant le proverbe bien connu. C'était vrai. Elle avait de moins bons résultats. A Mongel, elle réussissait mieux. Elle avait même pu occuper le poste de rédactrice dans sa compagnie. Mais à Porvan, c'était différent. On aurait dit qu'un vent contraire soufflait sur tout ce qu'elle entreprenait et elle n'en comprenait pas la raison. Elle était connue comme la petite André, celle que sa sœur éclipsait. Et c'était peut-être cette idée qui retenait ses efforts, gênait sa tâche, entravait son succès. Elle était revenue à son point de départ et n'était plus qu'une petite employée, dans une petite compagnie d'assurances, dans un village sans renom.

Puis un jour, Constance tomba malade. Anastasie l'apprit et ce fut pour elle l'occasion de revenir à Porvan. Constance la vit arriver, toute vieille et menue, s'appuyant sur sa canne, s'arrêtant de temps à autre, dans cette allée de tilleuls si gaie et parfumée au printemps. Mais c'était l'hiver et Anastasie avait bravé la froidure et le vent. Son chapeau oscillait dangereusement sur sa tête et cependant y restait rivé. Les pans de son manteau de coton gris se soulevaient et, depuis son lit, Constance apercevait la robe vert foncé qu'elle connaissait bien, celle qu'Anastasie ne quittait que pour la laver. Puis, une fois repassée, la vieille femme s'empressait de l'endosser. Constance en avait toujours été amusée. Anastasie le savait et cela ne la gênait pas outre mesure.

Constance l'observait, tandis qu'elle approchait de la maison et elle la trouvait encore plus vieille et plus seule. Elle eut de la peine, mais ne put s'empêcher un mouvement de gaieté en l'entendant frapper à la porte vitrée de la cuisine, puis entrer en criant :

— Holà, Constance ! Holà !

Constance répondit aussi fort qu'elle put :

— Venez, Anastasie ! Je vous attendais.

Elle fit un effort pour se lever, mais sa tête retomba sur l'oreiller. Et c'était d'ailleurs inutile, puisque la vieille dame était déjà près d'elle. Sa rapidité étonna Constance qui en fit la remarque à haute voix :

— Vous voilà bien alerte, chère Anastasie !

Celle-ci s'empressa de répliquer :

— Et comment ! Nous autres les vieux, nous ne sommes pas encore tout à fait morts ! Allons donc, ma brave Constance, c'est pourtant moi qui espérais votre visite à Mongel ! M'auriez-vous donc oubliée ? J'ai compté les jours en vous attendant et ils m'ont paru bien longs et tristes !

Constance hocha la tête en guise d'approbation. Elle était du même avis que sa chère Anastasie, mais elle n'eut pas la force de le lui dire. Ses maux de tête venaient de reprendre et ils étaient de plus en plus violents. Lorsque le mal relâchait son étreinte, des sueurs froides l'envahissaient. Elle se sentait perdue, désespérée. On aurait dit qu'un sillon régulier venait d'être creusé dans sa tête et qu'elle avait assisté, impuissante, à un labourage profond et cruel. Elle avait l'impression que le soc d'une étrange charrue meurtrière avait fouillé son cerveau et retourné ses vaisseaux, avec une rapidité qui tenait du surhumain.

Constance sortit de cette nouvelle crise, épuisée, hagarde, bouleversée, effrayée. Anastasie s'était tue et l'observait, étonnée, prête à aller chercher du secours. Elle écouta. Au-dessus de sa tête, les pas des parents de Constance se faisaient entendre. Elle fit un mouvement pour se diriger vers la cuisine et sortir par où elle venait juste d'arriver, mais un geste de Constance l'arrêta net. D'ailleurs, celle-ci souriait, le regard légèrement voilé et lointain. Le mal, il était visible, venait de lâcher prise et de rendre la malade à sa vie normale. Constance fit signe de s'asseoir à sa visiteuse et la conversation s'engagea, se prolongea, s'amplifia. C'était à celle qui dirait le plus de mots, qui raconterait le plus d'événements récents et personnels. C'était Anastasie qui parlait le plus. Depuis qu'elle était entrée dans cette maison de retraite, elle n'avait plus de nouvelles de ses amies, de ses connaissances, du village. On l'avait oubliée, ou tout simplement elle était tombée dans l'indifférence de chacun. On ne lui avait pas écrit. Ici, à la campagne, on avait des moyens différents pour se distraire. A la ville, Anastasie s'était trouvée dépaysée. Elle ne savait où aller, elle restait donc au Manoir, sans se lasser de ses promenades interminables dans le parc. Elle avait sympathisé avec un couple plus âgé qu'elle, mais qui était toujours très gai et les remarques qu'Anatole faisait, étaient très pertinentes aussi. Anastasie aimait beaucoup Félicité, sa femme, laquelle était en admiration devant son époux dont elle vantait surtout l'humour. Tous deux s'amusaient comme des enfants et étaient toujours ensemble comme des amoureux, se donnant la main, lorsqu'ils sortaient pour faire leur promenade quotidienne. En écoutant parler Anastasie, Constance se sentait soulagée comme si sa maladie l'avait quittée au lieu de lui concéder seulement une trêve. Anastasie bavardait gaiement. Elle pépiait, tel un oiseau resté seul trop longtemps.

Ensuite, sur l'insistance de Constance, elle alla se préparer un thé au citron bien chaud, comme elle l'aimait. Elle apporta à son amie le thermos où elle avait au préalable versé une tisane de tilleul, sucrée au miel. Et l'odeur du tilleul éveilla les souvenirs littéraires de Constance qui pensa aux infusions de tante Léonie avec ses madeleines.

« L'édifice immense » se mit en mouvement pour elle. Constance retrouva son passé, son enfance, ses bains de mer à Tertreville, avec tante Germaine. Elle revit sa classe et ses livres scolaires où des images représentaient des thermes romains.

Enfant, elle débordait de vie et de santé. Elle n'avait jamais été fragile. Sa vivacité étonnait son entourage et ses maîtres l'appréciaient pour cette qualité. Maintenant, elle sentait que son sang coulait lentement dans ses veines, d'abord glacé puis aussitôt après, brûlant. La fièvre l'emportait dans un univers impalpable fait de sensations étranges. Elle se sentait transparente et avait l'impression de voyager dans l'azur, tandis qu'un froid intense l'envahissait. Ces diverses sensations thermiques ne l'abandonnaient plus. Elle cessait de lutter et sa maladie la saisissait, l'emportait, l'anéantissait.

VIII

A la cuisine, Anastasie buvait son thé en dégustant quelques biscuits. Puis, elle coupa une large part du gâteau que Constance avait fait avant de tomber malade et elle l'avala gloutonnement. Cela ne l'aurait pas gênée, outre mesure, de vivre de desserts. Elle avait toujours été gourmande. Lorsqu'elle fut rassasiée, elle retourna dans la chambre de Constance et s'aperçut que celle-ci venait encore de mener une lutte victorieuse contre son mal.

Les symptômes étaient ceux d'une grippe et c'était aussi le diagnostic du médecin venu la veille. Anastasie se reprocha intérieurement d'avoir laissé Constance pour sa tasse de thé. Mais elle oublia aussitôt ses reproches car à nouveau, Constance souriait et semblait plus calme, malgré la rougeur soudaine de ses joues qui dénotait la présence tenace de la fièvre. Anastasie s'assit auprès d'elle. Elle la regarda. Constance avait maintenant un visage émacié. Elle avait vraiment trop maigri et d'une façon trop soudaine. Anastasie s'en inquiéta, mais ne fit aucune remarque. La respiration de Constance était rauque et entrecoupée. Il était visible qu'elle avait du mal à respirer.

Puis, celle-ci s'endormit et Anastasie jeta un regard

inquisiteur sur sa chambre. Elle était vaste et claire, au mobilier disparate. Des meubles de style Louis XV côtoyaient sans gêne apparente une armoire et une bibliothèque modernes. Une machine à écrire reposait sur un bureau en chêne massif. L'acajou dominait, le chêne apportait un étrange contraste, par sa couleur d'abord, par la consistance de sa matière, ensuite. Le secrétaire retint un instant l'attention de la vieille femme. Sa ligne était harmonieuse et ses dessins de forme arrondie se retrouvaient sur le lit et la commode. Ils reposaient le regard. La couleur était la même, car ces meubles étaient en acajou. Anastasie promena son regard sur les murs. Des photographies les tapissaient. Toutes représentaient des animaux. Il n'y avait de paysage que celui servant de fond aux protagonistes et ici c'étaient surtout des chats, quelques chiens, des moutons, des cerfs qui semblaient vraiment des êtres animés, tant la ressemblance et le relief étaient bien mis en évidence. Les yeux d'Anastasie s'attardaient sur les montagnes et les arbres enneigés où une harde de cerfs paraissait avoir posé pour la photographie. Le chef, un mâle hargneux, aux bois redoutables et à l'allure fière, se détachait nettement du groupe qui était particulièrement intéressé par le sommet de la montagne la plus élevée.

Constance geignit, remua, se tourna sur le côté et Natacha miaula d'une petite voix protestataire, car sa maîtresse venait de la réveiller et de la déranger. Elle changea de place puis s'étira langoureusement, bâilla, se mit debout, arrondit son dos en formant un demi-arc de cercle et d'un bond fut sur le tapis. Anastasie sursauta et se leva. A son tour, Constance s'éveilla et parut rassurée en voyant son amie, debout devant elle, qui l'observait.

Le soleil se couchait et le ciel était peu à peu envahi par le crépuscule. On aurait dit une ombre gigantesque qui avançait pour envelopper la terre de ses ténèbres. Du côté du couchant, on pouvait apercevoir une faible lueur qui livrait une dernière bataille dont la nuit sortirait victorieuse. La nuit ! Constance en avait toujours eu peur. Elle ressentait une angoisse terrible au moment où le jour épuisé lâchait prise. C'était juste ce moment-là que Constance redoutait. Ensuite, lorsque la nuit avait pris possession de la terre, elle se sentait soulagée et calme, elle retrouvait son équilibre. C'était bien cet instant qui était terrible pour elle, parce qu'il lui faisait penser à cet autre moment où le voyage vers la mort commence. Du moins, c'était ce passage entre ces deux états, la Vie et la Mort, qu'elle craignait. Elle n'avait pas peur de la mort mais elle était terrifiée par la traversée, par ce changement qui s'opérait, à l'improviste pour les uns, lentement et difficilement pour les autres. Chaque être vivant était différent, son destin ne ressemblait à aucun autre.

Et comment Constance s'expliquait-elle cette injustice au moment de la mort ? Là encore, il y avait la difficulté pour les uns et la facilité pour les autres. Pourquoi ? Ces questions restaient sans réponses.

— Les voies du Seigneur sont impénétrables, songeait Constance qui ne se révoltait pas, cette fois.

Ce n'était donc pas le voyage vers l'au-delà qui effrayait Constance, mais le début de celui-ci.

La mort était pour Constance comme un voyage que l'on commençait, sans jamais le finir. D'ailleurs, ne dit-on pas aussi que « partir, c'est mourir un peu » ? C'était donc réciproque. Constance pensait à cette légende celte. A la naissance d'un enfant, les Celtes plantaient un arbre et celui-ci lui servait de cercueil, le moment venu. La dépouille était ainsi rendue à l'eau. Cet arbre pouvait également servir de bûcher au moment de sa mort. La dépouille était alors rendue au feu, à la terre ou à l'air. Le corps était, dans ce dernier cas, exposé à la voracité des oiseaux de proie.

Constance réfléchissait. Elle se souvenait de cette autre légende, celle du bateau des morts. C'était l'une de nos premières légendes. Elle avait fait son apparition, bien avant la conquête romaine et Procope, au VIe siècle, la racontait déjà. Les habitants de la Gaule, en face de l'île de Bretagne, pour la plupart des pêcheurs, devaient transporter les âmes là-bas et étaient exempts de tribut. Ils étaient donc réveillés au milieu de la nuit et voyaient des barques vides sur le rivage, lesquelles semblaient pourtant très chargées et prêtes à sombrer. Il fallait à ces habitants à peine une heure, pour effectuer le trajet avec ces barques, alors qu'avec leur propre bateau, il leur aurait fallu une nuit.

Constance aimait beaucoup toutes ces légendes. Mais elle ne pouvait s'empêcher d'en être effrayée, car elles étaient liées à la mort, en tant que passage et lui rappelaient, de surcroît, les images de Caron, le nocher des enfers qui passait les âmes des morts, moyennant une obole, dans sa barque, sur le Styx.

Un jour, en lisant *La divine comédie* de Dante, elle avait retrouvé cette image de Caron. Dante avait fait garder à celui-ci les limbes de l'enfer, dans le premier cercle où se trouvaient les âmes de ceux qui n'avaient pas connu le Christ et n'avaient pas reçu le baptême. Puis, ces images s'effaçaient dans l'esprit de Constance pour en laisser apparaître d'autres qui la rassuraient. Et c'était la marche sur l'eau de Jésus, se dirigeant vers ses disciples qui se trouvaient dans une barque, au milieu de la mer. Elle se répétait cette phrase du *Nouveau Testament*, presque à haute voix :

— « A la quatrième veille de la nuit, Jésus alla vers eux, marchant sur la mer. »

Elle se souvenait aussi d'une nouvelle de Luigi Pirandello qui relatait ce voyage de Jésus sur l'eau. Et cela l'avait surprise chez un auteur qui était considéré comme athée. Le passage auquel Constance faisait allusion était d'une grande beauté. Le protagoniste racontait un rêve où il avait aperçu Jésus glissant sur l'eau et il l'avait suivi, devenant lui aussi aérien.

Dès que ces accès de fièvre abandonnaient Constance, l'image de la mort la quittait aussi.

Anastasie toussa pour révéler sa présence à son amie qui semblait l'avoir oubliée.

— Vous savez, Constance, commença Anastasie, je crois que je vais passer la nuit chez vous. Effectivement, il est bien trop tard pour rejoindre Mongel. Le dernier car a dû passer depuis longtemps. Vous dormiez si bien que je n'ai pas voulu vous réveiller, ni partir sans vous dire au revoir.

Anastasie ne put s'empêcher d'ajouter :

— Je vous ai observée pendant un long moment et je m'inquiète pour vous, Constance. Qu'avez-vous exactement ?

Celle-ci répondit, étonnée et indulgente envers la vieille femme :

— Mais, je vous l'ai déjà dit, Anastasie. J'ai une mauvaise grippe. Le médecin est venu, hier. Ce n'est pas bien grave. Je suis plus vulnérable en ce moment, parce que je suis fatiguée par ces allées et venues au village, matin, midi et soir. D'ailleurs, je mangerai désormais au bureau, cela m'évitera de parcourir tous ces kilomètres à pied ou à bicyclette.

Toutefois, cette décision n'enchantait pas Constance. Elle savait bien que si elle ne rentrait plus à midi, Natacha resterait enfermée jusqu'au soir. Et maintenant que Constance revenait de son travail à la nuit, Natacha ne sortait que le matin et seulement pendant une demi-heure, puisque le jour se levait tard.

La chatte n'était pas très contente. Elle manifestait sa mauvaise humeur, en s'éloignant de sa maîtresse, lorsque celle-ci s'approchait d'elle et se penchait pour la caresser ou la prendre sur ses genoux où Natacha ne daignait plus s'installer, sauf, bien sûr, quand Constance tricotait, parce qu'elle pouvait jouer avec la pelote de laine qui ne tardait pas à tomber et c'était une course folle qui commençait alors, à travers tout l'appartement. Natacha s'enfuyait, la pelote à la bouche et Constance la suivait, dans l'espoir de récupérer son bien au plus tôt. Une aiguille tombait, Constance criait et Natacha se cachait sous un meuble, en jetant des « brrrre, brrre » interminables et cajoleurs afin de calmer Constance, ce qui ne manquait pas d'arriver. Celle-ci se penchait et ne pouvait ne pas s'attendrir sur le tableau que représentaient Natacha et la pelote.

La chatte prenait alors cette dernière entre ses pattes antérieures et avec ses pattes postérieures, tenant toujours la pelote dans sa bouche, elle la défaisait précipitamment. Bien sûr, Constance n'exultait pas devant le sort réservé à sa laine, mais ce spectacle l'amusait et l'attendrissait. Natacha sortait victorieuse de la bataille qu'elle avait voulue et elle en retirait toute sa gloire. Lorsque, enfin, elle se décidait à restituer la précieuse pelote, Constance pouvait reprendre son ouvrage si bizarrement interrompu et réparer les dégâts qui étaient bien plus qu'apparents.

La vieille Anastasie était allée à la cuisine pour préparer la repas du soir. La mère de Constance venait de descendre quelques légumes qui serviraient à faire un bon potage pour sa fille, car il était hors de question que celle-ci avalât une nourriture solide. De sa chambre, Constance entendait un remue-ménage insolite. Des casseroles venaient de tomber avec un bruit assourdissant et prolongé, tandis que Natacha avait pris la fuite pour se réfugier sous le lit et que Rox aboyait furieusement sur la terrasse, devant la porte vitrée. Il voulait rentrer pour examiner de près ce qui venait de se passer.

Puis, ce fut le silence. Constance entendit tourner la clé dans la serrure et une forme jaillit près de son lit, tandis que Natacha miaulait, soufflait puis crachait pour intimider le nouvel arrivant. Constance ouvrit les yeux. Rox était là, la tête penchée sur le côté, il observait Constance et il commençait à geindre tout en la regardant.

— Brave bête ! lui dit Constance. Mais ses compliments furent interrompus par la chatte qui bondit sur le lit et vint se réfugier sur son estomac. Elle montrait ainsi à Rox que la maîtresse lui appartenait à elle seule et qu'il était inutile d'insister. D'ailleurs, lui, n'était qu'un imposteur. De temps à autre, Natacha crachait en poussant un cri intimidant, au rythme ascendant et fort révélateur de ce qu'elle voulait dire à Rox.

Anastasie survint avec un bol de bouillon fumant et réprimanda tout le monde : Constance, parce qu'elle ne faisait pas d'efforts pour lutter contre sa maladie et n'avait pas encore pris ses remèdes, Natacha, parce qu'elle miaulait, soufflait et risquait de fatiguer sa maîtresse, et Rox qu'elle accusait d'avoir été la cause de tout ce tapage. Celui-ci regardait maintenant le bol que tenait Constance, et remuait la queue en espérant quelques friandises qui viendraient s'ajouter au repas composé des reliefs de celui de midi : du poulet à la basquaise.

Puis, Anastasie annonça qu'elle montait dîner chez Mme André qui venait de l'inviter et Constance se retrouva à nouveau seule entre Natacha et Rox, buvant son potage brûlant et parfumé. Il faisait nuit, maintenant.

— Quelle heure pouvait-il bien être ? se demandait Constance, sans toutefois attacher à cette question une grande importance. Elle essayait de distinguer quelque chose, à travers la vitre, des mystères de la nuit qui l'avait toujours épouvantée. Enfant, elle avait déjà ressenti cette angoisse à la tombée du jour. Elle se souvenait aussi qu'Amaya, lorsqu'elle avait trois ou quatre ans, avait peur de la lune. Elle posait à Constance toutes sortes de questions. Quelquefois, Amaya accompagnait sa sœur qui allait porter le lait à leurs voisins les plus proches. Elle pleurait souvent, en chemin, dès que la lune se laissait deviner dans le ciel nocturne. Puis les questions fusaient et Constance ne savait pas répondre. Malgré l'effort qu'elle faisait maintenant pour s'en souvenir, elle ne réussissait pas à les retrouver. Par moment, son passé baignait dans un lointain flou, tableau aux contours indéfinis.

Une clarté, dans ces ténèbres, venait de la sortir de son engourdissement, de cette fuite dans un monde et dans un temps qui ne seraient plus. La lune s'était levée, pâle, incertaine, jetant un voile sur ces souvenirs et sur la terre à l'avenir troublant. Constance l'observait. Elle ne comprenait toujours pas pourquoi Amaya, enfant, avait peur de cet astre. Le voyait-elle comme un spectre livide et effrayant qui prenait, peu à peu, possession de ses terres ?

Elle n'avait jamais parlé à Amaya de ces craintes enfantines. Il lui aurait semblé pénétrer dans un domaine où elle n'avait aucun droit d'entrer et cela l'aurait mise mal à l'aise. A chacun son subconscient et puisque Amaya n'en avait jamais discuté avec elle, Constance ne voyait aucun intérêt à l'ennuyer avec de pareils détails. Mais si Amaya n'y faisait aucune allusion, c'était parce qu'elle ne s'en souvenait pas. Or, cette révélation aurait peut-être ouvert une porte sur une partie d'elle-même qu'elle aurait pu découvrir, sans que cela fût forcément un mal pour elle. Cependant, Constance était trop pudique pour tenter une pareille expérience.

Depuis son lit, Constance pouvait apercevoir une étendue bleu noir qui était le ciel. Elle y comptait trois étoiles, mais avec une étonnante rapidité, la voûte céleste se couvrit bientôt d'une myriade de points scintillants, couleur de feu. En scrutant le ciel, Constance pouvait déceler la présence d'une traînée de lueur rougeoyante, derrière chaque étoile. Elle n'avait jamais regardé aussi intensément le ciel, et elle fut étonnée de ce qu'elle y découvrait ce soir-là. Il semblait vivre et palpiter étrangement d'une vie mystérieuse, bien différente de la vie terrestre. Et cette impression ne la quitta plus. Elle ne comprenait pas très bien pour quelles raisons cette idée l'avait effleurée, mais elle en restait persuadée comme d'une découverte positive.

Constance entendait, de temps à autre, des pas au-dessus de sa tête. C'étaient ceux de sa mère. Ils allaient et venaient entre la salle à manger et la cuisine. Ils étaient lourds. Sa mère devait être fatiguée de sa matinée chez Amaya et de son après-midi à la ferme. Comment Amaya pouvait-elle accepter que ses parents se sacrifiassent ainsi pour elle ? Cela n'avait pas de sens pour Constance. Chaque fois qu'elle avait essayé d'en parler à Amaya, celle-ci s'était mise en colère. Il n'y avait aucun dialogue possible avec elle. Amaya était trop égoïste pour se rendre compte de quoi que ce fût et sans doute, aussi, n'aimait-elle pas ses parents. Telles étaient les seules interprétations de Constance. Ces derniers dépensaient toute leur énergie pour Amaya et ceci expliquait pourquoi Constance ne pouvait pas compter sur sa famille et cela même quand elle était malade. Elle avait apprécié ces quelques légumes que sa mère lui avait apportés, mais si Anastasie n'avait pas été là, elle aurait dû préparer son potage elle-même, ce qu'elle n'aurait pas eu la force de faire. En plus de sa grippe, cette malformation cardiaque l'épuisait chaque jour un peu plus. Depuis quelques années, sa résistance s'amoindrissait toujours plus, et Constance s'inquiétait pour l'avenir. Elle n'aurait sa retraite que dans quinze ans et elle serait obligée de travailler à plein temps jusque-là, puisqu'elle était seule dans la vie. Elle enviait un peu Amaya qui n'avait à se soucier de rien. On pensait pour elle, on travaillait pour elle, on l'aidait, on la soignait, on la cajolait. Mais au fond d'elle-même, Constance n'aurait pas voulu être à la place de sa sœur. Elle faisait partie de ceux qui luttaient et qui n'attendaient rien en échange.

Dieu faisait-il vraiment un choix ? Constance, après d'amères réflexions, répondait affirmativement. On avait dans la vie ce que l'on méritait d'avoir. Pourquoi la malchance poursuivait-elle des êtres qui semblaient ou étaient innocents de tout mal ? Constance songeait à tous ces enfants qui souffraient. Elle pensait au père Elphège. Quelle réponse aurait-il à une pareille question ? Constance savait que l'on pouvait répondre à tout. Depuis quinze jours, elle n'assistait plus au chapelet. Elle s'était sentie très fatiguée ces derniers temps et était rentrée, aussitôt son travail terminé, puis elle était tombée malade.

Elle se souvenait de ces soirées passées à réciter des prières pour que le mal disparût de cet univers. A ces séances, venaient quelques personnes qu'elle ne connaissait pas. Mais il y avait aussi les filles Labire, de riches demoiselles et la vieille Gertrude. Cette dernière priait avec une telle ferveur et une telle candeur qui touchaient Constance, tout en l'amusant. Elle récitait ces litanies si fort que sa voix couvrait toutes les autres et son timbre, resté enfantin, était attendrissant. A la fin, les demoiselles Labire rentraient leur chapelet, non sans avoir au préalable, embrassé la croix. C'était pour Constance un signe de ferveur et d'enfantillage, en même temps. Et, lorsque celle-ci traversait un moment de révolte, elle s'amusait de tous ces gestes, de tous ces détails.

Le père Elphège avait-il compris à quel genre appartenait chacun de ses fidèles ? Cela ne faisait aucun doute et ses sermons le prouvaient.

IX

Une ombre, se profilant derrière les carreaux, tira Constance de ses réflexions. C'était Anastasie qui rentrait. Elle était enchantée du repas et de la soirée qu'elle venait de passer chez les parents de Constance. Ceux-ci avaient été très gentils avec elle. Il était vrai qu'ils pouvaient se montrer très agréables et charitables, quelquefois. C'était la raison pour laquelle Constance refusait de mettre toute étiquette sur un être quel qu'il fût, car l'être vivant, humain ou animal, pouvait être si différent suivant les moments, les situations qu'il vivait. Et il est bien connu que l'homme diffère plus de lui-même que d'un autre être humain, dans le temps.

Anastasie était heureuse. D'ailleurs, mis à part les jours de deuil, elle avait toujours été gaie. Elle n'attribuait aux choses, aux événements que leur juste valeur et c'était bien ainsi. Cela lui permettait de faire face, sans être démolie, aux inconvénients et aux vicissitudes de l'existence.

Après avoir pépié et voleté autour de Constance, Anastasie décida de se coucher, car elle comptait se lever tôt le lendemain. Avant de reprendre le car qui la conduirait dans sa chambre de vieille femme, elle voulait se rendre au cimetière pour se recueillir sur la tombe de son mari, puis sur celle de Pompon qu'elle avait enterré elle-même, dans un coin du jardin de sa maison, au village. Constance comprenait très bien les sentiments d'Anastasie et même, elles les encouragea.

Pour Constance, la nuit fut très agitée. Elle dut quitter son lit, à plusieurs reprises, pour boire une gorgée d'eau, et la fièvre lui donnait à nouveau des sensations étranges d'irréel, de voyage aérien, de flottement dans l'espace infini. Anastasie dormait tranquillement sur le canapé que Natacha se réservait d'habitude. La vieille femme l'avait déplié et elle s'était confectionné une couchette idéale en y ajoutant un édredon moelleux. Elle ronflait à intervalles réguliers et ce ronflement apportait à Constance la réalité d'une présence, dans la paix et le silence profonds de la nuit.

Le lendemain, dès le jour levé, Anastasie partit comme elle l'avait annoncé la veille, dans le givre et le froid. Constance vit sa silhouette encapuchonnée, s'éloigner puis disparaître dans l'allée de tilleuls où quelques rares feuilles, encore accrochées aux arbres, glissaient dans les airs, virevoltaient et enfin, rejoignaient leurs compagnes sur le sol humide et givré. Anastasie qui s'en allait dans ce paysage blanc, ressemblait à une fée échappée de quelques légendes anciennes. Elle avançait, en courbant la tête, comme pour traverser une invisible muraille de l'autre côté de laquelle se trouvait la vie animée de Porvan.

Constance ne devait plus jamais la revoir. Elle apprit qu'elle était morte, quelques jours plus tard, à l'hôpital où elle avait été transportée d'urgence à cause d'un malaise cardiaque. Constance en fut très malheureuse et cela ne fit que retarder le moment de sa convalescence, tandis que Noël approchait.

Lorsqu'elle pensait à cette vieille femme, restée dynamique et gaie jusqu'à sa mort, elle ressentait un pincement au cœur, une douleur vive et profonde. Elle la regrettait comme on regrette une amie, une confidente. Elle était triste aussi parce qu'elle n'avait pas pu aller lui rendre visite, dans cette maison de retraite où elle faisait semblant de se plaire pour éviter d'affecter ceux à qui elle parlait.

Elle avait été, envers Constance et tous ceux qui l'avaient approchée, toujours pleine de prévenances et de gentillesse et elle était morte toute seule, dans un hôpital. Constance comprenait bien qu'elle n'était pas de taille à aider les autres, même si elle avait orienté sa vie dans ce sens-là et si elle avait déjà fait beaucoup de bien autour d'elle. Mais la vie était là et Constance songeait :

— La vie est pour ceux qui restent !

X

Noël allait réunir les familles éparpillées. On allait essayer d'être meilleur. Et qui sait, peut-être, que même là où l'on se battait, on respecterait une trêve, des otages seraient rendus à leurs familles, à leurs pays.

Constance pensait à tout cela, mais elle n'y croyait guère. L'impression d'un vide l'habitait. Dieu aurait-il choisi ce moment-là pour la quitter encore ? Elle était sûre du contraire ; mais, était-ce la mort d'Anastasie ou sa maladie qui agissait ainsi au point de transformer la gaieté qui l'avait toujours habitée, en cette période de l'année ?

Il lui fallait songer aux cadeaux pour ses parents, ses neveux et nièces, Amaya et Cyprien. Ceux-ci recevaient des présents de valeur et Constance avait honte d'offrir les siens, le moment venu. On la remerciait en disant que c'était l'intention qui comptait, plus que la valeur de l'offrande. Mais, Constance n'était nullement satisfaite.

L'aînée avait vingt ans et le plus jeune cinq. Cela représentait un éventail assez large entre ses neveux et nièces, mais ne résolvait point le problème, il l'aggravait plutôt.

Floraine était inscrite en Lettres, à l'Université de

Cinax, située à une centaine de kilomètres de Porvan et dans le sens opposé à Mongel. Elle y réussissait très bien au dire d'Amaya qui vantait volontiers les qualités de sa fille aînée, si travailleuse et si sérieuse dans tout ce qu'elle entreprenait. Constance pensait lui offrir un livre relié, *Le journal* d'André Gide, que la jeune étudiante appréciait particulièrement.

Déborah était très coquette pour ses seize ans : une vraie femme, déjà ! Aussi, un miroir travaillé lui ferait-il certainement plaisir.

Yannis était l'orgueil personnifié à douze ans, le préféré d'Amaya qui ne lui ressemblait guère, physiquement. Il recevrait volontiers une bombe, maintenant qu'il avait la permission de chevaucher Pax.

Virginien était un bon petit garçon de huit ans qui était très attaché à Rox. Et celui-ci lui rendait bien son affection, d'ailleurs. Il était intéressé par les jeux électroniques et Constance opta pour ce jouet.

Quant à Ellis, son neveu et filleul de cinq ans, il serait certainement enthousiasmé, s'il avait un petit engin avec lequel il pourrait se déplacer. Constance espérait en trouver un dans ses prix.

Maintenant, elle avait hâte de guérir. Il lui fallait penser au Noël de ses parents et de tout ce petit monde. Elle s'agitait et la fièvre la reprenait, puis le mal s'apaisait et Constance se levait pour compter ses économies, pour calculer la part de chacun. Epuisée, elle se recouchait et c'était ainsi, depuis plusieurs jours. Constance voulait guérir, mais elle ne le pouvait pas. Natacha ne la quittait plus. Elle ne demandait pas à sortir comme elle le faisait, avant que Constance tombât malade, d'une voix plaintive, insistante et enfin rageuse. Elle s'allongeait sur le lit ou sur le bureau, dans la chaleur d'un rayon de soleil, lors des midis encore chauds de ce mois de décembre finissant. Elle dormait infiniment, puis bâillait, s'étirait, changeait de position et ronronnait, avant d'aller se restaurer de quelques croquettes, à la cuisine. Elle grattait dans son bac à sciure, commençait une course effrénée, faisait tomber un objet. Alors, effrayée soudain par le bruit et par son audace, elle se calmait et rejoignait le lit douillet où sa maîtresse n'avait pas bougé.

Soudain, Constance pensa qu'elle avait oublié Natacha, lorsqu'elle avait mentalement distribué ses cadeaux et elle en fut très affectée. Cette petite bête lui apportait en satisfaction et amour ce qu'elle n'avait encore jamais reçu d'aucun être humain. Constance n'était pas fière d'elle-même et elle décida aussitôt de remédier à cet oubli. Bien sûr, Natacha aurait son mou et sa viande, mais Constance se promit de lui acheter aussi un jouet musical, représentant une chaussette, comme elle en avait vu chez Blanda. Et Rox recevrait, par la même occasion, un gros os en caoutchouc.

Constance regardait le jour se lever. Le soleil arborait un pâle sourire, derrière des nuages lourds. Le paysage était immobile comme dans l'attente d'un événement important, exceptionnel. Chaque année, au mois de décembre, Constance avait cette impression suivie bientôt d'une grande déception car, évidemment, il ne se passait rien. Le jour de Noël, la veille aussi, elle sentait autour d'elle un peu plus de gentillesse ou plutôt, un peu moins de méchanceté et c'était tout. Les jours suivants, tout redevenait comme auparavant. Et la luminosité de ce jour merveilleux de Noël s'était éloignée dans l'espace et le temps.

Constance n'avait pas compris que c'était en elle-même, dans sa propre force qu'elle devait trouver ce qu'elle cherchait à l'extérieur et que cette lumière d'un jour devait recouvrir l'année entière.

XI

Enfin, Constance réussit à guérir. Elle se leva quelques jours avant Noël et partit à Mongel pour faire ses emplettes. Les rues étaient décorées d'ampoules électriques qui étaient assemblées en forme d'étoiles, de sapins, de pères Noëls et de rennes attelés à des traîneaux lancés dans une course folle. A chaque coin de rue, des sapins gigantesques dressaient leurs cimes fières et décorées. On sentait un air de fête dans l'air glacial du soir. Les unes après les autres, les ampoules s'allumaient et égayaient la ville. Constance attendait son car, chargée de paquets enrubannés et multicolores. Les couleurs étaient elles aussi à la fête, mais c'était le vert qui s'imposait. Cette teinte était avec le jaune celle que Constance préférait. Elle était le symbole de la nature que celle-ci aimait. Cette couleur représentait aussi le renouveau, la vie.

Constance avait marché tout le jour. Elle était entrée dans plusieurs magasins, des grands et des petits. Elle avait une préférence pour toutes ces boutiques du quartier où il lui arrivait de trouver des objets à des prix nettement inférieurs à ceux qu'elle avait vus exposés dans les vitrines des grands magasins de l'avenue principale.

Elle aimait parler aux marchands. Elle se sentait moins seule ainsi dans cette ville anonyme. Elle alla rôder autour de son ancien immeuble, entra dans des magasins du rez-de-chaussée où elle avait coutume d'acheter ses produits, mais personne ne la reconnut. Seule, la boulangère n'avait pas changé. Les autres étaient des personnes nouvelles que Constance n'avait jamais rencontrées. Elle monta jusqu'à son ancien étage. Un nom inconnu était écrit sur la porte d'entrée. Elle se souvint que sur ce palier était arrivée par un jour de mai, une minuscule boule noire qui savait déjà ce qu'elle voulait, mais qui, affamée et apeurée, tenait à peine sur ses pattes. Un animal abandonné : voilà ce que Natacha avait été et grâce à Constance, la chatte était devenue une princesse. Constance se sentit heureuse. La pensée que Natacha existait, qu'elle la retrouverait en rentrant, la comblait d'aise et de joie. Puis, la crainte que la petite bête fût sortie de l'appartement et fût allée sur l'autoroute la saisit, mais l'abandonna aussitôt. La chatte ne pouvait quitter la maison que si ses parents entraient chez elle. Elle profiterait alors d'un instant d'inattention de leur part pour s'enfuir. Mais ceux-ci n'allaient que très rarement chez Constance. Et, même lorsqu'elle avait été malade, elle n'avait pas eu beaucoup de visites. Ils venaient quelques minutes, le matin et le soir, tout occupés qu'ils étaient par leur ferme et par les enfants d'Amaya ou Amaya elle-même, toujours en proie à quelque angoisse imaginaire. D'ailleurs, ni Amaya, ni ses neveux, ni Cyprien ne venaient la voir lorsqu'elle était malade. Ils s'en gardaient bien. Ce genre de sorties ne les tentait pas. Mais, en revanche, ils trouvaient tellement normal que l'on se rendît à leur chevet lorsque la maladie les accablait. Constance essaya d'oublier ces pensées amères qui venaient de l'assaillir et redescendit par l'escalier du grand immeuble. Son ancienne voisine était partie elle aussi. Il était évident que les loyers avaient été démesurément augmentés et certains avaient dû opter pour des appartements plus petits. De plus, le chômage, malgré tous les efforts du gouvernement en place, persistait et cela avait été également une autre raison du départ de tous ces gens.

Le car fendit la foule rassemblée sur la petite place, devant la gare routière, Constance s'y engouffra dès que ses portes automatiques s'ouvrirent dans un grincement prolongé. Le car démarra, bondé. Constance avait trouvé une place assise. Elle était épuisée, mais heureuse. Le paysage défila. La nuit arrivait toujours trop vite à cette période de l'année. Ce soir-là, Constance avait été très occupée et son anxiété habituelle devant le crépuscule naissant n'avait pas eu de raison d'être. Elle s'étonna de cette absence, mais le paysage, varié de coteaux et de plaines que le car traversait, la détourna rapidement de cette sensation et de cette pensée.

Tout était déjà sombre à l'extérieur, cependant Constance devinait chaque aspect, chaque contour, chaque limite de cette nature habituellement verdoyante qu'elle connaissait si bien pour l'avoir maintes fois traversée, lors de ses allées et venues entre Mongel et Porvan.

Le car desservait tous les petits villages sur sa ligne et la durée du voyage fut, ce soir-là, interminable. Il s'arrêtait sur des places illuminées d'étoiles et de sapins multicolores. Des gens frigorifiés s'empressaient de grimper dans l'autobus avec l'espoir d'y trouver la chaleur et une place assise. Les uns étaient comblés et les autres déçus, car il y avait souvent des gens debout dans le couloir. De temps à autre, Constance se levait pour céder son siège à une femme âgée ou à un vieillard. Ceux-ci descendaient au prochain arrêt et elle reprenait sa place.

Enfin, ce fut à son tour de quitter cette grosse boîte roulante, illuminée et enfumée pour retrouver le chemin de la ferme, après avoir traversé un village silencieux. Blanda avait tiré sa grille et un dernier client repartait, désappointé. Constance accéléra le pas. Elle transportait toujours sur elle sa bombe miniature d'autodéfense, « self defence », comme il était écrit dessus.

Tout ce qu'elle lisait dans les journaux locaux la terrorisait. Elle était décidée à se servir de sa bombe et elle n'attendrait pas pour le faire, car elle avait entendu, un soir, lors d'une émission télévisée, qu'un homme vivait avec un poumon d'acier parce qu'il avait hésité à actionner sa bombe. Et, les voyous qui l'avaient attaqué lui en avaient versé le contenu dans la bouche. Quel monde étrange ! et dont la pauvreté, la misère pouvaient être les seules explications.

Constance allait dans la nuit sombre. Elle ployait sous le poids de sa fatigue et de ses paquets. Elle avait une lampe électrique qui l'aidait à éviter les obstacles, mais elle trébuchait quand même à chaque pas. Soudain, l'allée de tilleuls apparut. La ferme n'était plus qu'à cinq cents mètres. Ces arbres renfermaient presque tous ses souvenirs d'enfance et lorsque l'un d'eux était abattu parce qu'il était sec, elle sentait son âme se déchirer, sous la hache et la scie qui coupaient.

Tout à coup, un froissement de feuilles interrompit sa rêverie et elle frissonna de peur et de froid. Elle s'arrêta net, prête à utiliser sa bombe, lorsqu'une petite ombre arrondie et vacillante sortit de derrière un tilleul. Un miaulement mal assuré se fit entendre. Constance comprit immédiatement. C'était un chaton perdu. Elle posa ses cadeaux à terre et s'empara de cette boule de poils qui grelottait, mouillée jusqu'à la moelle par la fraîcheur du soir qui tombait. Le chaton se blottit contre Constance qui l'emporta après l'avoir rassuré. A la lueur de sa lampe, elle put voir qu'il était tout blanc. Seules sa tête et sa queue noires faisaient contraste. Il était l'opposé de Natacha. Constance n'avait pas pensé à la chatte. Comment celle-ci allait-elle accepter le chaton craintif ? Constance pressait le pas et n'avait plus peur dans cette nuit sans lune. Elle ne sentait plus sa fatigue. Elle pensait à ce petit corps vivant, à ce petit bout de vie qu'elle essayait de réchauffer et qu'elle allait nourrir bientôt de quelques morceaux de viande et d'un bol de lait. Il en avait été ainsi de Natacha qui s'était jetée goulûment sur sa nourriture. La découverte du chaton lui remémorait la venue de la chatte chez elle et la transformation qui avait eu lieu dans sa vie, la prise de conscience que les autres existaient, son désir puis sa décision de les aider.

Chemin faisant, elle songeait au nom dont elle allait affubler ce petit être. Puis, ce fut un éclair !

Emmanuel lui convenait tout à fait. « Dieu est avec nous. » Tel est le sens de ce mot. Et Dieu avait aidé cet orphelin en le plaçant, ce soir-là, sur le chemin de Constance.

XII

Constance posa Emmanuel sur son bureau, en entrant dans sa chambre. Ensuite, elle alluma et chercha un coin pour se débarrasser de tous ses paquets et ne vit rien d'autre que le lit. Elle les y jeta plus qu'elle ne les y déposa, harassée, épuisée et impatiente de voir comment Natacha recevrait le petit intrus. Mais sa réflexion fut perturbée sur-le-champ. Un cri menaçant, un grognement sourd et prolongé venaient de se faire entendre. Une boule hérissée et noire, tachée de blanc s'était jetée sur le chaton qui tentait, par un bond désespéré, d'échapper à l'étreinte de la chatte en furie. Emmanuel courait en tous sens dans l'appartement inconnu, à la recherche d'un abri. Natacha le poursuivait sans relâche, soufflant, crachant et grognant. Bien que Constance se fût attendue à ce genre de réception, elle n'en resta pas moins désemparée et désireuse de trouver une solution qui ne lui venait pas à l'esprit. Elle dut placer le chaton dans une boîte à chaussures et fermer ensuite la porte de communication entre la cuisine et la chambre afin que le petit être pût se restaurer ; ce qu'il fit, d'ailleurs, abondamment et avec une joie évidente. Il mangea jusqu'à satiété, puis il lapa sa petite tasse de lait tiède et commença à ronronner de joie, après avoir réintégré son minuscule refuge tapissé de coton. Mais, derrière la porte, Natacha continuait à grogner d'une manière sourde, continue et monotone. Constance fut attristée à la pensée que maintenant, la princesse devrait tout partager, car Constance ne pouvait relâcher le chaton. Il était trop petit et de plus, l'autoroute et ses dangers le guettaient, la forêt et ses pièges le menaçaient. Il ne fallait pas, non plus, qu'il connût un nouvel abandon. Constance avait lu des ouvrages qui traitaient de la psychologie animale et elle savait ce qu'un abandon pouvait provoquer sur le comportement d'un animal. Il n'y avait pas de chats libres dans les environs. Constance n'en avait jamais vu. C'était bien une main humaine qui était venue déposer le chaton près de la ferme. Cependant, elle ne pouvait s'empêcher de penser qu'il valait mieux être abandonné plutôt que d'être élevé par des maîtres indignes et cruels.

Le ronronnement du chaton satisfait s'élevait dans la cuisine où Constance essayait d'allumer un feu de bois dans la cheminée pour pallier l'insuffisance du chauffage central, parce qu'elle arrêtait ses radiateurs dans la journée, par souci d'économie. C'était elle qui payait les factures du chauffage pour la ferme et le montant de celles-ci était, chaque année, plus élevé.

Le feu commença bientôt à pétiller dans l'âtre et, à sa vue, Constance se sentit aussitôt réchauffée. Le feu est un ami, il est une présence. Elle songea à un passage qu'elle avait lu dans *La psychanalyse du feu* de Gaston Bachelard. Ce philosophe écrivait que la mort dans le feu est la moins solitaire des morts.

Constance revit la conquête du feu par les premiers hommes et des extraits de *La guerre du feu* de Rosny lui revinrent à l'esprit. Elle avait vu le film aussi et elle avait trouvé certaines images insoutenables, à cause de la sensibilité presque maladive dont elle faisait preuve depuis quelques années.

Comment les hommes préhistoriques avaient-ils réagi face à une forêt en feu ? Avaient-ils pris la fuite ou s'en étaient-ils approchés pour se chauffer ? Les animaux ont peur du feu s'ils n'ont pas été préparés à sa présence par une vie domestique. Ainsi, pensait Constance, les humains avaient dû avoir la même première réaction de crainte et de méfiance face à celui qui devait devenir leur ami par la suite. Toutefois, il était un ami à ménager. Constance songeait à toutes les explosions, à tous les incendies gigantesques qui avaient eu lieu et avaient provoqué tant de drames, tant de morts. Tout un quartier d'une ville, Saplen, brûlait actuellement, à cause d'une explosion provoquée dans une station pétrolière et en cette période de Noël, Constance trouvait injuste un tel châtiment pour ces êtres humains, ces enfants qui devaient quitter leurs maisons menacées. Elle ne pouvait croire à une purification divine par le feu. Constance préférait dire qu'il s'agissait d'une malveillance humaine, ou d'un acte gratuit. Pourtant, n'était-ce pas, au fond, la même chose, si l'on adhérait à l'opinion que Dieu est en chaque être vivant ? Constance s'y perdait et son esprit tourmenté se mettait à réciter une prière pour tous ces malheureux.

XIII

Dans sa boîte, Emmanuel s'étirait, béat d'aise. Constance entrouvrit la porte et Natacha entra, boudeuse. Elle esquiva une caresse de sa maîtresse et celle-ci comprit tout ce qu'elle allait désormais perdre pour avoir osé introduire un intrus dans leur intimité. Natacha était jalouse et allait le rester. Constance allait payer cher son audace qui n'était autre qu'un acte de charité. C'était ainsi. Si l'on voulait continuer à être heureux, il fallait fermer son cœur et sa porte. Tel était le prix à payer pour la joie et la tranquillité. Toutefois, Constance n'aurait pu trouver le bonheur dans un pareil cas. Pourtant cela existait. Il y avait des gens qui vivaient pour eux, sans se préoccuper du malheur des autres. Elle pensait à Amaya. Sa sœur ne s'était jamais intéressée qu'à elle-même et, malgré les enfants qu'elle avait mis au monde, elle restait égoïste, ne songeant qu'à son bien-être personnel. Il existait des gens qui n'avaient pas cette forme de sensibilité dont Constance était dotée. Et pendant que certains avaient du mal à trouver de quoi se nourrir, ils se vantaient d'allumer leur feu avec du pain sec, alors qu'ils auraient pu le donner à des animaux. Pour Constance de pareilles remarques étaient scandaleuses, à un moment où le chômage sévissait, tel un fléau. Ces observations la révoltaient, puis elle se calmait. On ne pouvait pas tous se ressembler et il fallait laisser à chacun le droit de s'exprimer et de vivre à sa guise, sinon on tombait dans l'intolérance, un fléau encore plus redoutable pour les humains.

Le lendemain, Constance partit très tôt vers la colline. Elle voulait ramasser de la mousse et cueillir du houx, afin de préparer la crèche. Chaque année, elle en faisait une et ses parents l'imitaient. On décorait un pin, à l'extérieur, car on n'aimait pas abattre les arbres, chez les André. Constance et sa famille fêtaient ainsi l'hiver dehors et la naissance du Christ, à l'intérieur, dans chaque appartement. Amaya aussi confectionnait une crèche, mais n'oubliait pas le sapin. Cette année, Amaya et Cyprien avaient invité toute la famille chez eux, pour le repas de Noël. Constance n'avait accepté que pour être avec ses parents, ce jour-là, car ces derniers vieillissaient. Il y aurait beaucoup de monde. C'était des parents de Cyprien, orgueilleux pour la plupart et guindés. Ils se disaient issus d'une lignée de barons. Constance ne savait trop qu'en penser. Avec eux, elle était mal à l'aise. Elle ne retrouvait pas la finesse aristocratique dans leurs manières, mais plutôt la suffisance bourgeoise.

Le 24 décembre, Constance se rendit au village pour voir la crèche du père Elphège, dans l'église vaste et glaciale. Elle emprunta l'allée de tilleuls et pensa au soir où elle avait trouvé Emmanuel, transi et affamé. Il s'était bien vite habitué à la maison. Il avait son coin préféré, un des paniers de Natacha. Celle-ci le laissait en paix, maintenant, mais elle en voulait toujours à sa maîtresse qui s'en rendait compte et cherchait un compromis, en vain. L'esprit de Constance était plutôt occupé par le moment qu'elle vivait. C'était un jour qu'elle voulait illuminé et débordant de bonté, de joie. Ce n'était pas un jour ordinaire. Elle aurait désiré que la nature participât à ce bonheur qu'elle sentait au fond d'elle-même, et que tous les malheurs et les drames de l'humanité ne pouvaient altérer. Mais, il avait plu la veille et un soleil timide apparaissait, de temps à autre, pour mieux se cacher ensuite, derrière un épais rideau grisâtre. Constance songeait à ce petit être dont le monde fêtait la naissance et qui avait eu un destin aussi tragique. Qui était-il vraiment ? Pourquoi n'avait-il jamais été oublié, Lui ? Alors que des hommes avaient continué à en torturer d'autres et qui étaient eux aussi innocents de tout mal ? Cet enfant, puis cet adulte avaient fait passer un message et ce message restait, bravant toutes les tempêtes. C'était encore ce que Constance trouvait de plus merveilleux à sa croyance, légende ou vérité. Aujourd'hui, elle optait pour la vérité, car elle avait tout à y gagner et rien à perdre. Une bouffée de joie envahit son cœur. Elle sentit une présence derrière elle, se retourna mais ne vit rien.

Cette présence était dans son cœur même et ce fut pour elle, une véritable illumination dont elle remercia aussitôt le ciel. Le bonheur ne pouvait être qu'en soi-même, il était inutile de le chercher dans le monde extérieur où il faisait si cruellement défaut, depuis bien longtemps déjà.

Constance trouva la crèche du père Elphège très belle. Elle était dressée dans un coin de l'église. Des pierres recouvertes de mousse saupoudrée de farine imitaient des rochers enneigés et entouraient l'étable où Marie et Joseph étaient agenouillés tandis que dans la paille, on avait aménagé un creux où l'on déposerait l'enfant Jésus. Les rois mages arrivaient, chargés de présents. D'autres santons représentaient des bergers accompagnés de leurs agneaux et divers autres personnages, apportant des paniers pleins de victuailles.

Dans l'étable, l'âne et le bœuf avaient pris place, attendant leur mission.

Mais, près de l'autel, Constance aperçut Julie. Elle s'affairait dans une nouvelle préparation, celle de la crèche vivante. La nuit de Noël s'annonçait merveilleuse de vérité et d'espoir.

Julie disposait quelques brins de houx et de gui dans un vase, près d'une petite cabane qui n'était autre que l'étable et où l'on installerait le petit bébé rose, dès minuit. Julie s'occupait de son église et aujourd'hui de cette crèche avec un tel dévouement qui émut Constance. A soixante-quinze ans, elle était encore alerte et habile de ses mains. Elle s'appropriait toutes les tâches de nettoyage de l'église et l'on pouvait souvent la voir, avec un seau ou un balai à la main, allant et venant, le long de la nef ou sur les bas-côtés ou encore, à l'extérieur, en train d'arroser les fleurs qu'elle avait elle-même plantées. Constance la trouvait admirable de simplicité et de gentillesse. C'était une vieille demoiselle aisée et qui tenait un petit magasin de laine, lorsqu'elle n'allait pas prêter ses services à l'église. Elle priait aussi avec une telle ferveur qui faisait réfléchir Constance. Pour Julie, le doute n'avait jamais dû exister. Dieu avait été pour elle la lumière et la certitude.

Constance s'en retourna à pied, comme à l'ordinaire et sous la pluie. C'était une pluie fine et glacée qui descendait d'un ciel morne et blafard. Constance comprit qu'il allait neiger le lendemain, si ce n'était le soir même. Elle pensa à la joie qu'elle éprouvait lorsqu'elle était enfant, dès que les premiers flocons commençaient à voltiger. Elle faisait un bonhomme de neige aussi haut qu'elle pouvait, elle l'habillait ensuite d'un vieux chapeau qu'elle découvrait dans la grange. Elle allait chercher la pipe de son grand-père qu'elle n'avait pas connu, car il était mort très jeune des suites de la première guerre. Ainsi affublé, le bonhomme prenait un air humain très cocasse.

En rentrant, Constance trouva Emmanuel et Natacha en train de jouer, l'un poursuivant l'autre. Puis Natacha se cachait et le chaton cherchait dans tous les coins celle qu'il considérait visiblement comme sa mère. Mais la chatte était très indépendante et le jeu terminé, elle lui lançait quelques gifles bien administrées qui laissaient le petit animal pantois.

A vingt-trois heures, Constance se remit en chemin pour assister à la messe de minuit. Ses parents l'avaient invitée à manger les treize desserts lorsqu'elle reviendrait du village. Elle n'avait pas peur de partir ainsi, seule dans la nuit, et dans ce paysage sombre qui promettait une neige imminente. Constance était, à son tour, confiante et envahie d'une paix intérieure qu'elle n'avait jamais ressentie auparavant. Elle allait, comme tous ces personnages de la crèche, vers un rendez-vous mystérieux et exceptionnel.

L'église était illuminée et Constance y pénétra avec joie, mais timidement. C'était un jour de l'année qui ne ressemblait à aucun autre. Des gens rassemblés avaient commencé la veillée. Les protagonistes de la crèche étaient déjà en place, sauf le petit enfant que l'on emmènerait à minuit précisément. Puis, les cloches commencèrent à carillonner et Constance sentit son cœur tressaillir d'une joie intense et profonde.

Minuit chrétien ! Jésus venait de naître et le bébé rose et joufflu pleurait, dérangé dans ses habitudes. Ensuite, ce fut le silence que brisa le père Elphège en invitant les fidèles à la prière et au recueillement. Les chants s'élevèrent et chacun participa de son mieux.

Constance chassa une pensée tenace, celle du monde en guerre qui n'avait pas respecté la trêve. Les otages n'avaient pas été rendus à leurs familles qui continuaient à les attendre autour d'un arbre décoré. Tous ces visages qui l'entouraient, graves, recueillis mais heureux, seraient-ils les mêmes, le surlendemain ? Constance connaissait la réponse, elle savait qu'elle était négative. Chacun, oubliant ce jour plein d'espoir, parce que la vie n'aurait pas changé apparemment, se laisserait emporter par la colère, donnerait libre cours à la médisance et à la mesquinerie. Mais, Constance réussit à oublier tout cela et sentit à nouveau son cœur déborder d'une joie sans mélange.

XIV

Elle quitta l'église, après s'être agenouillée un instant, devant la crèche figée, celle des santons qu'elle préférait, parce qu'elle pouvait observer ceux-ci tout à son aise et leur inventer une réalité, une existence propre et différente, à l'infini.

Ses parents l'attendaient dans la vaste salle à manger du premier étage. Sa mère l'avait décorée et la crèche trônait à côté d'un petit sapin recouvert de givre artificiel. Constance était heureuse de retrouver une intimité familiale qu'elle avait crue perdue à jamais. Tous trois bavardèrent un instant, après avoir mangé de la dinde aux marrons, et des treize desserts traditionnels, fruits secs et galettes, ce que Constance aimait avant tout. Cependant, elle ne toucha pas à la dinde.

Le lendemain, il fallait se rendre chez Amaya pour le repas de Noël. Là-bas, il y avait tous les membres de la famille de Cyprien. Ils étaient arrivés chargés de cadeaux et les présents de Constance passèrent inaperçus. Ses neveux la saluèrent à peine, mais elle essayait de ne pas y penser. C'était toujours Noël. On devait décharger son cœur de toute sorte d'amertume et n'avoir aucune rancœur. En cette période de chômage, il fallait apprécier la joie de trouver une table aussi bien garnie que l'était celle de Cyprien. Amaya avait fait l'effort de préparer quelques mets. Elle en avait commandé d'autres chez le traiteur.

Les plats étaient décorés et les mets succulents, des oies farcies aux tartes aux fruits de mer, chacun se régala. Mais Constance ne goûta qu'aux marrons, à la salade et apprécia beaucoup les desserts. Le vin la rendait malade. De plus, elle n'aimait pas que l'on tuât toutes ces volailles, que l'on fît souffrir les oies et les canards en les gavant pour obtenir le précieux foie gras. Elle sut gré à Cyprien de ne pas en avoir servi. Constance aurait voulu devenir végétarienne. Mais, elle n'y réussissait pas toujours. Elle devait s'approvisionner en viande pour ses petites bêtes. Elle en prenait donc aussi pour elle, car c'était le mou que Natacha préférait et son boucher ne lui en gardait que si elle achetait autre chose. Souvent, Constance donnait la viande à ses parents, mais ils n'en étaient pas tellement friands, eux non plus. Puis, elle s'attendrit en pensant à ses deux chats et se demanda ce qu'ils pouvaient faire ainsi enfermés. Elle regretta de les avoir laissés, mais elle savait qu'ils auraient été effrayés par le bruit et par tous ces gens qu'ils ne connaissaient pas si elle les avait emmenés. Ils étaient mieux à la maison où ils devaient certainement dormir. Constance se promit de les accompagner dans le jardin avec la lampe électrique, dès qu'elle arriverait. Ils pourraient prendre l'air et s'ébattre un peu. Pourtant, ils étaient restés toute la matinée dehors car Constance s'était levée très tôt. A ce souvenir, elle s'apaisa et apprécia la joie d'être avec sa famille. Chacun fournissait un effort pour paraître aimable et personne ne fit de remarques désobligeantes à l'égard des uns ou des autres.

Le repas achevé, Constance fut une des premières à

prendre congé. Ses parents la suivirent. Ils firent la route ensemble en commentant leur après-midi qu'ils avaient passé à table, puisque le repas n'avait été servi qu'à partir de quatorze heures, le temps de rassembler les quarante convives.

XV

Rox les attendait dans la cour de la ferme. Il aboya, car il ne les reconnut pas tout d'abord, puis il se précipita à leur rencontre, fou de joie et un peu honteux de sa méprise. Natacha était debout sur ses pattes postérieures. Elle avait pris appui contre la porte vitrée de la chambre avec ses pattes antérieures et regardait dehors très attentivement. Elle eut un mouvement de recul, puis elle se ravisa. Elle venait de reconnaître ses maîtres, elle aussi. Constance entra. Elle alluma et aperçut Emmanuel allongé de tout son long sur le lit. Il s'étira, bâilla. Il avait l'air d'un petit ours en peluche et son poil était très soyeux. Constance résista à l'envie de le caresser. Elle se pencha vers Natacha et lui parla. Elle la complimenta sur sa beauté, sa sagesse, comme elle avait coutume de le faire, puis elle l'embrassa. Seulement alors, elle se dirigea vers Emmanuel pour le caresser et lui dire quelques mots gentils. Il se mit à ronronner d'aise et Constance se sentit comblée. Natacha observait la scène, sans bouger. Alors Constance la prit dans ses bras et la déposa sur la table. Elle avait rapporté quelques restes du repas et ce fut au tour de Natacha de ronronner, mais Emmanuel arriva en trombe et d'un bond, fut sur la chaise, avant de rejoindre la table où il fut accueilli par une gifle magistrale. Afin que la situation ne s'aggravât, Constance prit le chaton et le mit sur l'évier. Chacun mangeait maintenant, en paix, dans une assiette.

Constance se prépara à rejoindre son lit douillet. Elle était fatiguée nerveusement. C'était toujours ainsi lorsqu'elle assistait à un repas où il y avait plusieurs personnes. Le bruit des voix, la fumée des cigarettes et le peu d'alcool qu'elle absorbait, avaient raison de son équilibre. Ce soir-là, elle eut du mal à trouver le sommeil. Elle se retourna dans son lit à maintes reprises et elle dérangea Natacha qui changea de couchette. Emmanuel la suivit. Constance gardait le lit pour elle seule. Pourtant, à son réveil, elle les trouva tous les deux au même endroit. Ils avaient dû revenir pendant qu'elle dormait.

Constance pensait à ces jours de fête. Tout s'était fort bien passé. On aurait dit que chacun avait lutté afin de devenir meilleur. Du moins, en avait-il été ainsi dans sa famille.

Maintenant Natacha jouait avec sa souris en toile jaune, bourrée de sciure et Emmanuel en faisait évoluer une grise, en la jetant en l'air, puis en la rattrapant. Sur la terrasse, Rox mordait un os en caoutchouc qui émettait un petit cri strident et prolongé, ce qui l'excitait. De ces fêtes, chacun gardait un souvenir, même les animaux de compagnie. Constance était contente qu'aucune bête de la ferme et de la basse-cour n'eût été offerte en holocauste. Maintenant, les poules, les oies, les canes qui composaient les habitants du poulailler, étaient gardées pour obtenir des œufs frais uniquement et Constance espérait qu'elles pourraient mourir de leur mort naturelle. De tout cela, elle en savait gré à ses parents.

XVI

Les jours succédaient aux jours. Ils s'étiraient, mornes, et le ciel était blafard. Un pâle sourire d'avril avait remplacé la neige glaciale. Bientôt, les tilleuls refleuriraient. Constance attendait cet instant avec joie. Elle aimait cette odeur de miel que leurs fleurs exhalaient. L'air tout entier en était embaumé. Son appartement gardait longtemps cette senteur printanière, ce parfum suave.

Un matin, alors que Natacha miaulait avec insistance, Constance céda à son désir et la laissa partir. Emmanuel la suivit. Constance n'était pas encore prête et ne put les surveiller.

Quand elle sortit, elle constata la disparition de la chatte. Emmanuel était revenu, essoufflé. Son poil avait emprisonné quelques gouttelettes de rosée scintillantes. Le chaton s'était allongé sur la terrasse, épuisé. Son flanc droit se soulevait régulièrement, mais rapidement. Il s'était couché sur le côté gauche, il haletait. Dans quelle randonnée désordonnée et incertaine cette petite folle l'avait-elle entraîné ? Pourtant, Constance ne s'inquiéta pas outre mesure. Elle comptait rentrer à onze heures ce jour-là, car une collègue devait lui restituer une heure. Constance lui avait permis de sortir la veille, pour une course personnelle et urgente et elle s'était ainsi occupée du dossier d'un client, à sa place.

Emmanuel reprenait lentement sa respiration et ses forces, sous l'œil étonné et inquisiteur de Rox, lequel, il était évident, se demandait d'où ce gros chaton revenait et pourquoi Natacha n'était pas rentrée avec lui.

Constance partit à son bureau. Elle ne l'avait pas revue. Elle pensa la chercher en revenant et elle songea à elle, pendant tout le temps qui la séparait de son retour à la maison, avec la vague espérance que la chatte serait sur la terrasse et l'attendrait.

Mais, elles se manquèrent de peu, au dire de Mme André qui avait aperçu Natacha, dix minutes à peine, avant l'arrivée de Constance. La chatte avait traversé la cour à une vitesse folle. Elle devait, sans doute, poursuivre une proie. C'était, cependant, du côté de l'autoroute que Natacha s'en était allée.

Constance reprit ses recherches habituelles. Il était déjà l'heure de retourner au bureau et la chatte ne s'était pas montrée. Constance sentait l'inquiétude, l'angoisse monter en elle, l'envahir.

Emmanuel ronronnait, heureux d'être tout seul avec Constance. Ce fut du moins ce que celle-ci en déduisit et elle lui en voulut. Elle refusa de le caresser lorsqu'il s'approcha d'elle. Dans son désarroi, elle ne comprit pas que le chaton manifestait ainsi la joie d'avoir une présence à ses côtés, parce qu'il était resté seul tout le matin. Mais elle n'était rentrée que pour mettre sa veste et déjà, elle repartait, sans avoir pris la peine de manger. Elle arriva en retard au bureau, chacun s'en étonna et elle ne put en cacher la raison.

Tilia, sa collègue, partagea sa tristesse. Elle avait, elle aussi, une chatte qu'elle aimait comme une enfant. Elle essaya de calmer Constance en lui racontant les péripéties de Minette qui retrouvait toujours le chemin du bercail. Mais Constance pensait à l'autoroute et à ses dangers. Elle travailla mal, ne songeant qu'à retourner chez elle.

Ce fut avec une lampe électrique que Constance finit ses recherches, ce soir-là. Il faisait jour quand elle rentrait du bureau, maintenant, mais elle avait cherché la chatte jusqu'à la nuit avancée. Elle ne savait plus très bien qu'elle heure il pouvait être quand elle avait suspendu ses recherches. Elle était désespérée et elle pleurait comme une enfant. Emmanuel ne réussissait pas à lui faire oublier son chagrin. Il continuait pourtant à ronronner inlassablement, à la moindre occasion.

XVII

Le lendemain, à midi, Constance avait cru voir la chatte, dans une villa, près de l'autoroute. Elle avait sonné à la grille et son cœur sautait dans sa poitrine tant il battait fort, avec cet espoir inattendu. Mais ce n'était pas Natacha. C'était simplement une chatte qui lui ressemblait, noire comme elle, aux petits yeux vifs et pétillants d'intelligence. Or, celle-ci ne portait aucune tache blanche et de près, Constance vit bien que ce n'était pas Natacha. Elle s'excusa et ce couple de retraités la reçut gentiment :

— Revenez nous voir ! Cela nous fera tellement plaisir ! Et surtout, ne vous inquiétez pas pour votre chatte, la nôtre reste, quelquefois, plusieurs jours sans rentrer.

Constance leur sut gré de vouloir la rassurer. Elle finissait par croire que la chatte était encore vivante et qu'elle allait revenir d'un instant à l'autre. Peut-être, pensait Constance, m'attend-elle, en ce moment, sur la terrasse. Et elle entrevoyait un tableau attendrissant.

Avec ses petites pattes, la chatte prenait appui contre la porte vitrée pour regarder à l'intérieur, comme elle avait l'habitude de le faire. Et sans doute, le chaton devait-il ronronner en l'apercevant. Puis, le tableau se brouillait et Constance, les yeux pleins de larmes, revenait en toute hâte à la maison pour voir si la chatte était rentrée. Mais personne ne l'avait aperçue ! Mme André l'avait cherchée aussi, en vain. Alors, Constance repartait, en appelant Natacha, partout où elle allait. Les bois, les arbres, les rochers étaient témoins de sa peine et les feuilles des tilleuls frissonnaient à son passage, comme si elles murmuraient un étrange secret, ou bien savaient-elles la vérité ?

Plusieurs fois, Constance avait longé l'autoroute pour vérifier que rien ne s'était passé et elle tremblait à l'idée de découvrir le cadavre du petit animal. Mais l'on ne voyait rien. Ni les ruisseaux, ni les herbes, ni les chemins, ni l'autoroute ne révélaient leur secret. Natacha avait disparu, s'était volatilisée et Constance souffrait. Elle pensait que la chatte était en difficulté. Elle la voyait prisonnière d'un piège, attaquée par un renard, enlevée par quelqu'un qui la tuerait pour la manger. Elle pleurait, comme elle ne pleurerait jamais plus pour personne. C'était du moins ce qu'elle croyait à cet instant même. Elle faisait pitié à voir. Son chagrin se lisait sur son visage et son cœur qui saignait laissait entrevoir l'immensité de cette douleur.

Depuis trois jours, Constance cherchait la chatte et ses parents commençaient à se lasser de son manège et de son chagrin. Amaya qui essayait de la réconforter pour une fois, s'y prenait mal et la peine de Constance redoublait.

Puis, un jour, Mme André rentra, toute rouge et essoufflée par sa course à bicyclette, car elle revenait de chez Amaya. Elle dit à Constance qu'elle était passée du côté de l'autoroute et qu'elle avait vu des taches de sang. Il semblait bien qu'une bête s'était fait tuer à cet endroit. Elle le lui indiqua exactement. Constance qui, depuis la disparition de la chatte, entendait le son de la clochette de son collier et ses miaulements, sentit son sang se glacer dans ses veines et elle fut sur le point de défaillir. Cependant, elle rassembla ses forces et s'en alla vers l'endroit que sa mère lui avait désigné, avec précision, car Mme André savait décrire les lieux où elle passait avec une concision que beaucoup de gens lui enviaient.

Constance chercha et elle trouva. Elle découvrit, d'abord, une tache rouge qui était certainement du sang. Des traces s'étalaient en partant de cette tache. Elles conduisaient au ruisseau. Constance les suivit du regard. Mais elle ne vit rien. Elle scruta chaque herbe de la berge et finit par apercevoir une tache noire où apparaissait une étroite bande rouge.

Natacha !

XVIII

Constance venait de reconnaître le collier que celle-ci portait au moment de sa disparition. On pouvait y lire le nom et le numéro de téléphone de Constance. Elle se pencha et il lui sembla que son cœur avait cessé de battre. Son désespoir était tel qu'elle n'arrivait pas à se rapprocher du petit corps. Ses yeux, débordant de larmes, ne voyaient plus. Elle trébucha et faillit tomber. Mais elle se ressaisit. N'avait-elle pas prié Dieu de lui faire retrouver Natacha, même morte ? Et Dieu avait exaucé sa prière. Maintenant, l'espoir de revoir la chatte vivante qui remontait parfois du fond de son désespoir, disparaissait d'un seul coup et la laissait désorientée, peinée jusqu'au plus profond d'elle-même, bouleversée, égarée, sans forces.

Natacha n'était plus et Constance pleurait à en crier. Elle prit la chatte dans ses bras, masse inerte et lourde où perlaient encore quelques gouttes de sang séché au coin de la bouche. Peut-être, n'avait-elle pas souffert, peut-être, était-elle morte sur le coup ? Cette pensée consolait Constance et elle s'y raccrochait. Elle se demanda qui avait bien pu la tuer. Etait-ce un automobiliste qui avait voulu l'éviter, en vain ?

Constance avançait vers la ferme, portant Natacha dans ses bras. Elle allait comme une aveugle, se heurtant aux racines des arbres, aux pierres du chemin. Elle continuait à sangloter mécaniquement et il lui semblait que tout venait de s'effondrer autour d'elle. Natacha l'avait aidée à se remettre de sa longue maladie et voilà comment elle avait été récompensée. Elle perdait la vie, un an seulement après sa naissance !

Constance s'engagea dans l'allée de tilleuls où régnait un étrange silence. Pas une feuille ne bougeait. Tout semblait figé dans la peine immense qu'elle ressentait.

Elle s'arrêta au bout de l'allée, déposa la chatte délicatement sur le sol et pleura, en caressant son poil qui était resté soyeux. Et cette remarque traversa l'esprit bouleversé de Constance.

Seulement alors, elle se rendit compte de l'odeur que dégageait le petit corps. Natacha avait dû mourir dans la nuit qui avait suivi sa disparition. Cela ne faisait plus aucun doute pour Constance.

Des cris venant de la maison lui firent lever la tête. Elle aperçut la voiture de Cyprien. Ses neveux étaient donc là. Elle en fut contrariée. Elle avait tant pleuré que son visage était bouffi. Mais ce n'était pas ce qui la gênait. Elle ne voulait pas qu'ils fussent déjà mis en présence de la mort. Soudain, un craquement se fit entendre et deux de ses neveux furent auprès d'elle : Virginien et Ellis. Ils s'arrêtèrent interdits, devant le cadavre de la chatte. Ils savaient quelle affection leur tante nourrissait pour cette bête. Immédiatement, ils mesurèrent l'étendue du drame et ses conséquences. Constance put lire dans leur regard. Mais c'étaient des enfants et ils s'approchèrent du petit animal pour l'observer avec curiosité. Et comme leur tante se remettait à sangloter, telle une fillette, ils échangèrent un sourire. Elle comprit le ridicule de sa situation et se sentit encore plus meurtrie, plus chagrinée, plus désespérée.

C'était son enfant que Constance venait de perdre et personne, ne pouvait comprendre sa peine. Elle se trompait. Ses neveux avaient fort bien compris, mais les enfants sont inconscients dans leur innocence. Leur cruauté est un jeu. Chez eux, tout est transformé en jeu, comme chez l'animal et pour cette raison, il est difficile de leur en vouloir.

Constance creusa dans la terre sèche et dure une petite tombe où elle allait déposer le corps de sa chatte, enveloppé dans une étoffe et placé dans un sac en nylon qu'elle avait soigneusement attaché avec un ruban. Mais les larmes l'aveuglaient. Elle ne voyait pas ce qu'elle faisait et elle agissait comme un automate.

XIX

Les jours qui suivirent cette tragédie furent pénibles pour Constance et Emmanuel. Celui-ci avait deviné que Natacha était morte. Il allait tous les jours sur sa tombe avec sa maîtresse. Constance s'asseyait sous le tilleul, près de Natacha et elle lui parlait.

Les premiers jours, le chaton avait gratté dans la terre où reposait la chatte, puis il s'était calmé et il semblait avoir compris. Que pouvait-il avoir deviné ? Constance se le demandait. Toujours était-il qu'il n'essayait plus d'arracher celle qui lui avait servi de mère à la terre qui l'emprisonnait.

Constance ne pouvait parler de sa chatte sans pleurer. Un vide étrange l'habitait. D'ailleurs, il lui semblait qu'elle ne pourrait plus éprouver aucune joie désormais. Ce bonheur simple, pur, cette joie vraie et saine, seule cette chatte avait pu les lui apporter. Quand Constance pensait à sa famille, à ses amis, il y avait toujours quelques contrariétés qui venaient ternir sa félicité, le plaisir qu'elle avait eu d'être avec eux. Mais avec la chatte, tout avait été tellement différent. Celle-ci ne lui laissait que de bons souvenirs. Et même lors de ses escapades, la joie de l'avoir retrouvée lui faisait oublier tout le reste.

Constance et sa chatte avaient formé un étrange tableau pour tous ceux qui manquaient de sensibilité, de pureté. Les animaux pourraient donner des leçons de morale à bien des êtres humains, songeait Constance. Et elle-même, n'était-elle pas devenue meilleure au contact de cet animal ? C'était en Natacha qu'elle avait puisé la force nécessaire pour changer de vie. Elle avait réussi à s'éloigner d'un homme égoïste et avait consacré tout son temps libre à ses œuvres de charité. Elle avait apporté un peu de chaleur à des personnes esseulées, âgées pour la plupart.

Emmanuel ne sortait de sous le lit où il avait pris l'habitude de se réfugier que pour se rendre sous les tilleuls. Constance, après avoir pleuré Natacha, tous les jours et même plusieurs fois par jour, comprit qu'il fallait réagir. Elle s'enquit d'une chatte noire, aux yeux vert d'eau, avec une tache blanche sur l'abdomen. Elle n'en trouva pas.

XX

Puis, les tilleuls refleurirent. Constance qui pensait toujours à Natacha, ne pleurait plus cependant. Elle ressentait seulement un vide dans son cœur que ni Emmanuel, ni Rox ne réussissaient à combler.

Constance s'asseyait maintenant sous les tilleuls et l'odeur de leurs fleurs l'enivrait, tandis que la chatte était couchée là, sous la terre parfumée.

Un jour, en arrivant au bureau, Constance fut accueillie par des collègues en pleine effervescence. Leur agitation était due à une découverte, celle de Tilia. On emmena Constance dans un coin. Là, sur un tas de chiffons, deux petites boules dormaient.

Constance n'aperçut tout d'abord que quelques poils hérissés.

C'étaient deux petites chattes, l'une grise et l'autre noire qui s'étaient assoupies, malgré le bruit qui régnait dans la pièce. Tilia les avait trouvées, non loin de chez elle : deux petites chattes de trois mois environ, perdues, égarées, affamées, abandonnées elles aussi. Tilia ne pensait pas que c'étaient des chattes libres, car il n'y en avait pas dans les environs. Sa villa était la seule habitation dans ce quartier et elle n'avait jamais vu de chats venir y rôder. Il était certain, cette fois encore, que les deux chattes avaient été abandonnées. Leur maître les avait laissées là, avec l'espoir qu'elles seraient recueillies.

Constance réfléchissait. On laissait donc aux autres le soin de faire ce que l'on était incapable d'accomplir. On se débarrassait ainsi de ceux qui ne servaient à rien. On emmenait les vieux à l'hospice et les animaux dans les bois. Et que ferait-on bientôt des enfants ? Le siècle se transformait, les idées changeaient et chacun voulait s'éviter tout traumatisme.

Constance choisit la chatte noire, mais la grise ne fut pas adoptée. Chaque collègue trouva un bon prétexte pour s'y dérober. Même Tilia en avait un et Constance fut déçue.

Le soir, en rentrant, elle déposa sur son bureau deux petits fardeaux, sous les yeux ahuris d'Emmanuel qui n'en ronronna pas moins pour autant. Mais, les chattes, une fois libres, firent le gros dos et crachèrent. Elles allèrent ensuite se restaurer, car quels que soient le moment, l'époque et le temps, les émotions aiguisent l'appétit.

Ce fut ainsi que Sarah et Peggy firent leur apparition à la ferme. Rox n'en crut pas ses yeux et intimidé, refusa d'entrer chez Constance, ce soir-là. Il avait beaucoup regretté Natacha, malgré leurs différends.

Constance avait cru retrouver celle-ci en Sarah. Elle s'était bien trompée. Seule la couleur de la robe et des yeux était semblable, mais les caractères divergeaient. Sarah ne quittait jamais la cour de la ferme et Peggy ne sortait pas de la maison.

Une semaine après son arrivée, celle-ci tomba gravement malade : une pneumonie ! Constance la soigna avec un grand dévouement et la petite chatte guérit. Sa maîtresse n'avait pas hésité à faire venir le vétérinaire de Tanec, un village voisin de Porvan.

Peggy, cependant, resta fragile et ne s'aventurait à l'extérieur que pour faire une petite promenade sous les tilleuls où elle marquait toujours quelques minutes d'arrêt. Puis elle revenait, presque aussitôt, soufflant, crachant, le poil hérissé, poursuivie par Rox qui ne savait plus où donner de la tête avec tous ces chats à la maison.

L'air, chargé de mille parfums, enivrait et Constance, malgré son petit monde, n'avait pas oublié Natacha. Elle allait s'asseoir près de sa tombe, le matin et le soir, pendant quelques minutes et elle lui racontait les faits importants de la journée ou de la soirée. Elle était bientôt rejointe par ses petites bêtes.

Peggy et Sarah semblaient être au courant de ce qui s'était passé.

La première fois, elles avaient flairé la terre où gisait Natacha. Ensuite, elles avaient régulièrement accompagné Constance sous les tilleuls, sans aucune autre manifestation de ce genre.

Le printemps renaissant, l'odeur suave des tilleuls et la présence de ses animaux encourageaient Constance à vivre plus gaiement.

DEUXIEME PARTIE

LA ROUTE ETROITE

XXI

Le soleil resplendissait dans un ciel sans nuage. Constance s'était assise sous les tilleuls pour y goûter la fraîcheur de l'ombre et raconter à Natacha les derniers événements.

Soudain, elle sentit une présence, non loin d'elle. Lorsqu'elle se retourna, elle aperçut deux silhouettes qui avançaient lentement, dans l'allée. Constance ressentit tout d'abord une certaine contrariété. Elle allait être dérangée. Ce moment passé sous les tilleuls, auprès de sa défunte chatte, était à la fois, un moment de recueillement et de réflexion. Elle y priait Dieu pour toutes les misères du monde. Elle disait à Natacha tous ses déboires. Enfin, elle lui confiait son espoir des lendemains meilleurs pour elle et pour l'humanité tout entière.

Bref, l'apparition de ces deux personnes qui se dirigeaient chez elle la contrarièrent sérieusement. Emmanuel et Peggy prirent la fuite. Sarah resta pour affronter le danger et ses yeux se mirent à lancer des étincelles. Si petite, elle était déjà prête à se défendre et à protéger sa maîtresse. Constance lui en sut gré et par cet aspect de son caractère, Sarah lui rappelait sa chatte bien-aimée.

Les silhouettes s'étaient rapprochées et Constance finit

par reconnaître Tilia. Mais elle voyait pour la première fois la femme qui l'accompagnait.

Blonde, les cheveux courts, l'allure sportive, svelte et sûre d'elle, celle-ci marchait avec aisance. Elle avait une démarche légère et elle semblait soutenir une conversation des plus animées avec sa partenaire.

— Je vous présente Tiphaine ! dit simplement Tilia, en tendant une main molle et moite à Constance.

— Enchantée de faire votre connaissance, renchérit la nouvelle venue.

Sa voix parut à Constance aussi assurée que sa démarche. Elle en conclut que celle-ci devait savoir commander.

— Tiphaine est professeur de Lettres à Tanec ! dit Tilia avec l'orgueil de celle qui a fait une belle découverte.

Constance fut flattée par cette visite. Toutefois, elle n'enviait nullement la situation de Tiphaine. Avec ses neveux, elle avait déjà un aperçu de ce que pouvait être une classe ou un collège.

C'était fini pour toujours la saison des enfants ! Ils étaient adultes avant même de naître et ce que leurs parents ou leurs maîtres leur disaient pour les émanciper ne faisait qu'aggraver la situation, aux yeux de Constance.

L'enfance y perdait la chaleur de ses rêves, la beauté de ses illusions.

Tiphaine aimait son métier. Sa conversation le prouvait. Elle parlait sans cesse de ses élèves et portait plus d'intérêt, semblait-il, aux enfants à problèmes, à ceux qui ne comprenaient pas ce qu'elle disait, à ceux qui s'agitaient en classe. Constance ne pouvait ne pas l'admirer. Elle n'aurait pas eu cette patience sacrée, ce don de soi, cette observation soutenue et surtout cette réserve nerveuse, car il fallait en avoir, selon Constance, dans un métier qui avait pour but d'éduquer des enfants qui n'en étaient pas.

L'enfance avait toujours été un monde à part, différent de celui de l'adulte. Mais l'enfance actuelle était pour Constance un nid à problèmes, à énigmes où régnait l'agressivité.

Constance aimait observer les enfants, les personnes âgées, les animaux. Elle leur trouvait des ressemblances au sein même de leur différence. Et l'innocence était leur circonstance atténuante. Mais elle n'aurait jamais pu s'occuper des enfants ou des vieillards, c'est-à-dire pour en faire un métier. Pourtant, elle aurait aimé travailler avec des animaux.

Bientôt Constance n'écoutait plus Tiphaine. Son intérêt pour ses élèves commençait à l'agacer.

Celle-ci s'en rendit compte et la conversation prit une autre tournure. On parla littérature et philosophie. Constance qui était une autodidacte exprima sa joie de relire, actuellement, *La psychanalyse des éléments* de Gaston Bachelard. Sa prédilection allait à la terre : *La terre et les rêveries de la volonté, La terre et les rêveries du repos.* Elle se souvenait combien la terre lui avait manqué quand elle vivait en appartement à Mongel.

Tiphaine dit qu'elle avait aimé l'œuvre de Bachelard et elle cita de mémoire :

— « Le limon est la poussière de l'eau comme la cendre est la poussière du feu. Cendre, limon, poussière, fumée donneront des images qui échangeront sans fin leur matière. »

Puis, Tiphaine et Tilia s'en retournèrent chez elles. Constance vit leurs silhouettes diminuer et disparaître au bout de l'allée. Elle lava la théière et les tasses, remit dans son placard les biscuits au chocolat, sans avoir oublié d'en offrir un à Rox qui les regardait, depuis un certain temps, avec insistance.

XXII

Tiphaine venait très souvent à Porvan, chez Tilia. Alors, toutes deux faisaient de longues promenades dans la campagne et quelquefois, elles arrivaient à la ferme, à l'improviste, ce que Constance n'appréciait guère, pas plus que les chats, d'ailleurs. Emmanuel fuyait, ventre à terre, vers sa cachette. Péguy devenait introuvable et Sarah se couchait. L'intimité était rompue. Ce n'était pas grave pendant les jours de congé annuel, mais lorsque Constance n'avait que ses week-ends pour s'occuper de son appartement et des animaux, elle n'aimait pas recevoir de visites inattendues.

D'ailleurs, celles-ci devinrent de plus en plus rares. Tilia et Tiphaine se rendaient régulièrement chez Amaya, depuis qu'elles l'avaient rencontrée « Aux tilleuls », un jour qu'elle était venue demander à sa sœur de lui tricoter un châle, un de ses derniers caprices.

Tilia avait rencontré Tiphaine à Mongel, où elle était allée faire des courses. A midi, elle s'était rendue dans un petit restaurant où une seule table était inoccupée. Peu après, était entrée Tiphaine. Son élégance et sa beauté avaient attiré l'attention d'un grand nombre de convives. Le garçon avait aussitôt essayé de lui trouver une place et Tilia avait accepté avec joie de partager sa table, car elle s'ennuyait un peu. La conversation fut rapidement engagée. Les deux jeunes femmes étaient aussi bavardes l'une que l'autre, et tous les thèmes d'actualité furent abordés.

Ensuite, Tiphaine avait raccompagné Tilia à Porvan et lorsqu'elles s'étaient quittées, elles étaient au courant de leur vie respective, de leur métier, de leurs affinités.

Elles étaient devenues deux amies, maintenant. Amaya les recevait souvent chez elle, à l'heure du thé, le samedi. Elle jouait du piano et les deux femmes échangeaient quelques impressions à voix basse. Cyprien faisait une timide apparition, tandis que sa préparatrice s'occupait des clients. Mais il était toujours très discret et il laissait le petit groupe discuter à son aise pour rejoindre bien vite sa pharmacie. Il vérifiait, en passant, si Yannis se trouvait sur le stade où il s'entraînait régulièrement au football avec son équipe. Ellis et Virginien, coiffés de leur bombe, montaient Pax, sous la surveillance de Floraine et Déborah, leurs aînées. Aucun de ses enfants, pour l'instant, ne lui donnait des raisons de s'inquiéter, mais Yannis, quelquefois, le déroutait. Chacun, cependant, s'appliquait du mieux qu'il pouvait dans son travail scolaire. Seul, Yannis s'agitait et ses résultats étaient irréguliers. Cyprien ne réussissait pas toujours à comprendre ce fils qui lui échappait et c'était justement celui que sa femme préférait, délaissant même Ellis. Heureusement que sa belle-mère était là pour soigner ce petit être chétif, car Amaya se souciait bien peu de lui. Il n'aurait pas fallu, pourtant, que Yannis manquât de quoi que ce fût, car cela aurait terriblement contrarié sa mère qui aurait essayé, par tous les moyens, de pallier ce qu'elle aurait appelé une injustice.

Cyprien ne comprenait pas trop ce mauvais partage affectif. Il lui semblait être moins sélectif dans sa tendresse pour ses enfants.

Il pensait à Mme André qui avait eu deux filles et pour laquelle seule Amaya existait, alors que Constance était si gentille et avait des qualités que Cyprien lui enviait. Pas très jolie, un peu masculine, elle n'en était pas moins aimée par tous ceux qui l'approchaient. Seuls ses parents semblaient faire exception. Cyprien en était peiné pour elle. Il se demandait si Constance allait rester encore longtemps à Porvan, à la ferme. S'il avait été à sa place, il serait certainement parti. Constance n'avait vraiment aucun avantage à vivre auprès de sa famille. Mais elle était seule et ceci pouvait expliquer sa conduite.

Cyprien était fils unique. Pour lui, ce problème n'avait pas été soulevé. Ses parents n'avaient pas eu besoin de veiller à un partage équitable. Lui seul avait hérité de leur tendresse.

Il pensait à Amaya, à sa vie si différente de celle de Constance. Il la vit, entourée de ses amies. Il se sentit tout joyeux, soudain, en pensant à celles-ci. Il était heureux que sa femme vît Tiphaine. Elle était très cultivée, à l'allure distinguée. Il se promit de l'inviter à passer le prochain week-end chez eux. Elle pourrait ainsi donner son opinion sur le travail de Yannis. Au sujet de cet enfant, il était à l'affût de tous les conseils possibles. Et il ne sut pourquoi cette idée d'avoir la jeune femme à la maison l'attendrit.

Tiphaine attendait avec impatience le moment de se rendre à Porvan. Elle était seule toute la semaine et elle passait beaucoup de temps à corriger ses copies. Il était clair qu'elle donnait exprès un grand nombre de devoirs à ses élèves pour être obligée de travailler elle-même un peu plus. Elle lisait, elle allait au cinéma en compagnie de quelques collègues. Porvan était maintenant pour elle un but qui l'enchantait. Elle retrouvait la famille d'Amaya avec une telle joie qui l'étonnait elle-même. De plus, il y avait Constance et ses chats, Tilia et ses promenades. Tout le village l'intéressait. Il représentait un petit dépaysement. Tiphaine se plaisait à Porvan. Il lui rappelait un peu son village natal qu'elle rejoignait pendant ses vacances. Elle y retrouvait ses jeunes frères, ses parents instituteurs, sa grand-mère pour laquelle elle avait une grande admiration. Celle-ci avait élevé, seule, ses deux filles après que son mari l'avait quittée, pour retourner en Italie, leur pays natal. Il n'avait donné de ses nouvelles que pour essayer de reprendre ses filles et sa grand-mère avait lutté pour les garder et leur permettre d'étudier. Elle s'était abîmé les mains et la vue, à force de laver, coudre, repriser, repasser. Tiphaine pensait souvent à cette femme exceptionnelle avec beaucoup d'émotion.

Son père était également d'origine italienne. Mais il était de famille aisée. Son grand-père était venu travailler en France, lorsqu'il avait perdu ses parents. Ceux-ci avaient laissé à leurs enfants une grande maison avec des vergers. Un oncle avait exploité le domaine à leur place et en avait gardé le profit. Il avait donc fallu lutter dans cette famille aussi pour pouvoir vivre décemment et poursuivre des études.

Son grand-père paternel était un homme que Tiphaine aimait beaucoup. Taciturne et travailleur, il avait constitué pour ses enfants une petite fortune qui lui avait coûté des privations et une ardeur au travail peu commune. Par sa grand-mère maternelle et par son grand-père paternel, Tiphaine était liée à l'Italie, un pays dont elle avait appris la langue et qu'elle ne voulait pas oublier. C'était d'une part la Toscane riche dans le domaine des arts, avec Dante, Michel-Ange, Léonard de Vinci, dont Tiphaine entrevoyait la douceur du paysage et d'autre part le Piémont verdoyant, aux pâturages immenses et au bétail robuste, qui représentaient ses racines profondes.

XXIII

Les vacances d'été approchaient et sur l'insistance de Cyprien, Amaya invita Tiphaine à venir passer quelques jours chez eux.

Ils habitaient, depuis le début de l'hiver, une charmante villa, que Cyprien avait fait construire, pas très loin du village. Un pré et un petit bosquet s'étendaient derrière leur demeure où Pax allait et venait en toute liberté.

Tiphaine était régulièrement venue chez Amaya, tous les samedis, à l'heure du thé, accompagnée de Tilia. Elle avait aidé Yannis dans son travail scolaire. Il avait réussi à faire quelques progrès et Cyprien en était tout heureux. Ce fils était une énigme pour lui. Celui-ci n'était pas attaché à son père, mais aimait-il sa mère seulement, elle qui lui était si dévouée ? Cyprien sentait tout cela et en était attristé.

Il avait été heureux de quitter la maison d'Amaya, au village, car la campagne lui manquait.

Il était content de voir que Tiphaine appréciait la vie en plein air. Elle entreprenait de longues marches avec Tilia et les enfants. Amaya ne les accompagnait jamais. Elle n'avait rien dit lorsque Cyprien lui avait fait part de son projet de faire bâtir cette maison, mais il avait compris qu'elle en avait été contrariée. Elle aimait observer la vie quotidienne des autres, depuis sa fenêtre et cela était impossible ici où le premier voisin se trouvait à cinq cents mètres.

Constance apprit avec joie l'arrivée de Tiphaine aux « Eglantines ». C'était le nom que Cyprien avait choisi pour sa petite propriété.

Tiphaine venait souvent chez Constance, avec Tilia et celle-ci les voyait avancer dans une auréole de lumière, depuis la fenêtre de sa cuisine où elle leur préparait quelques petits gâteaux de sa spécialité.

Ces premiers jours de juillet étaient chauds et l'air lourd. Constance avait du mal à respirer, comme cela arrivait toujours en cette période de l'année.

Tiphaine parlait de Cyprien avec emphase.

— Vous avez un beau-frère charmant, Constance ! si attentionné envers Amaya et si proche de ses enfants. Son inquiétude pour Yannis, bien que fondée, est toutefois exagérée. Il arrive souvent que des garçons soient en désaccord complet avec leur père. Cela ne signifie nullement qu'ils ne leur sont pas attachés.

— Je suis entièrement de votre avis, Tiphaine. Mon beau-frère est très agréable à vivre, peut-être est-il un peu trop « papa-poule », comme l'on dirait maintenant.

Et sur ces mots, toutes trois éclataient de rire. Puis, la conversation s'engageait dans une voie littéraire, car les trois amies lisaient beaucoup. La lecture était leur passe-temps favori. Elles savaient faire un choix parmi les émissions télévisées, si bien qu'il leur restait du temps à consacrer aux livres. Constance suivait les séquences réservées aux animaux et aux écrivains. Elle regardait aussi quelques films. Tilia passait plus de temps qu'elle devant la télévision. Tiphaine était obligée de sélectionner les émissions, ayant peu de temps libre, car elle travaillait à une recherche sur un écrivain italien, Pirandello, qui l'accaparait depuis des années et elle était heureuse de savoir que Constance s'y intéressait. Celle-ci avait même lu la traduction de ses *Nouvelles pour une année.*

Pendant toutes ces heures passées devant la table servie pour le thé, la conversation reprenait souvent autour de Cyprien et c'était Tiphaine qui l'orientait.

Aux « Eglantines », la présence de la jeune femme avait rompu la monotonie quotidienne.

Tiphaine, Floraine et Déborah s'amusaient comme des enfants à s'occuper de Pax, à le monter, à le poursuivre dans le pré. Celui-ci se prenait au jeu. Alors, commençaient des courses folles dont Amaya était exclue, puisqu'elle n'appréciait guère ce genre de distractions. Elle réservait son temps libre à son piano, à la télévision et quelquefois, au théâtre, lorsque Cyprien voulait bien sortir. Sinon, celui-ci demandait à son ami, le docteur Lucillien Tilliet, d'y accompagner sa femme.

C'était un ami de longue date qui avait vu naître Floraine et soignait toute la famille avec un grand dévouement. Il jouait un rôle important dans son bonheur conjugal, puisqu'il avait une certaine emprise sur Amaya. Sans les conseils du docteur, celle-ci aurait eu tendance à se négliger, à laisser la maison en désordre, à rabrouer la jeune servante si efficace et qu'elle venait d'engager depuis que sa mère espaçait ses visites, se sentant très fatiguée ! Lucillien rendait à Amaya sa bonne humeur d'antan car le regard de la jeune femme s'assombrissait, chaque jour, un peu plus. Elle devenait triste et parfois méchante et ironique. Elle était ainsi depuis la naissance de Yannis. A cette date, Cyprien avait pensé qu'il valait mieux ne plus avoir d'enfant, mais Amaya en avait décidé autrement et Virginien puis Ellis avaient vu le jour. L'état de la jeune femme ne s'était guère amélioré pour autant.

Aussi Cyprien aimait-il cet ami qui était pour beaucoup dans son équilibre familial et il lui en savait gré.

Lucillien était de trois années seulement l'aîné d'Amaya. Il était grand et blond, au teint pâle, aux yeux d'un bleu pervenche et au visage émacié. Il était très séduisant, mais il ne s'était jamais marié. Quand il était venu s'installer à Porvan, il était très jeune et il débutait.

Cyprien se souvenait de ce temps-là, avec amusement. Ce jeune médecin avait été le point fixe sur lequel tous les regards convergeaient. Il représentait le mari idéal qu'un nombre impressionnant de mères auraient voulu pour leurs filles.

Mais Lucillien semblait ne rien voir et ne rien comprendre. Lorsque Cyprien lui faisait remarquer l'attention dont il était l'objet, il répondait évasivement que son métier lui suffisait pour l'instant. Il en était ainsi depuis vingt ans ! Certes, Lucillien était sorti avec quelques jeunes filles ou jeunes femmes, mais celles-ci n'avaient fait que passer. Il n'en avait retenu aucune...

XXIV

Le ciel était d'un bleu intense et limpide. Les cigales faisaient entendre leur cri continu, monotone et strident. Elles craquetaient sous un soleil de plomb et l'odeur des pins enivrait Tiphaine, s'avançant seule, vers la maison de Constance et son allée de tilleuls.

Elle traversa le petit bois, retardant ainsi la fin de sa promenade. Puis, elle s'arrêta pour reprendre haleine, car l'air était sec et torride.

Soudain, elle sursauta. Un bruit de brindilles brisées, un craquement de branches piétinées la firent se retourner brusquement. Elle s'affola. Un malaise l'envahit. La peur s'empara d'elle et elle s'apprêta à fuir.

Elle fut retenue dans son élan par deux mains qui avaient saisi sa taille, deux bras qui l'enlaçaient, la serraient contre une poitrine haletante, des lèvres chaudes qui écrasaient les siennes puis se promenaient sur son visage avec une fougue et une avidité peu communes.

Tout le corps de la jeune femme frissonna et s'abandonna.

Cyprien !...

Tiphaine venait de reconnaître des caresses qu'elle recevait pour la première fois de cet homme dont elle avait, en même temps, reconnu l'odeur particulière.

Il la serrait éperdument et sous l'emprise de cette étreinte, elle ne réagissait pas, affolée, heureuse, bouleversée, merveilleusement surprise.

Un amour-passion insensé, fou, venait de naître et allait emporter le couple vers un avenir, à la fois sombre et lumineux. La réalité s'écroulait, tout entière assujettie à sa force colossale. Le monde extérieur, tel qu'il était, n'existait plus. Un bonheur intense et infini voyait le jour, fait d'une rencontre inattendue, mais voulue, désirée.

XXV

Tiphaine regardait Cyprien qui s'éloignait et pendant un instant, elle eut du mal à croire que quelque chose d'infiniment doux et violent à la fois, s'était passé entre eux. C'était un rêve transparent et impalpable qui allait déboucher sur le plus horrible des cauchemars. La jeune femme devinait cela parce qu'elle était intelligente. Ils ne s'étaient rien dit, rien promis. Ils avaient prononcé leurs prénoms respectifs dans un souffle puis, langoureusement.

Le trouble de Tiphaine n'échappa nullement à Constance, très observatrice et quelquefois, soupçonneuse. Celle-ci sentait que quelque chose d'anormal avait eu lieu et tels ces animaux qui pressentent le danger pour eux-mêmes ou pour autrui, elle cherchait, sur le visage et dans le regard de Tiphaine, la preuve de ce qu'elle avait deviné, flairé. Alors, le doute s'imposa soudain à l'esprit tourmenté de Constance qui affirma brutalement plus qu'elle ne demanda à son interlocutrice, en reposant sa tasse de thé :

— Cyprien vous a accompagnée, n'est-ce pas ?

Une rougeur insolite empourpra les joues de Typhaine qui ne sut ni mentir, ni détourner habilement la conversation.

— Il cueillait du thym dans le petit bois et il m'a même effrayée !

— Je n'en doute pas ! répondit sèchement Constance.

Et les traits de son visage se durcirent, soudainement.

Entre elles, une gêne venait de se glisser, sournoise et tenace, tandis que l'une épiait l'autre, avec une maladresse qui n'échappait à aucune des deux.

Tiphaine retourna chez Amaya, tard dans la soirée, le plus tard qu'elle put.

Elle musa longtemps, en chemin, après avoir quitté la ferme et Rox avait tenu à la suivre jusqu'au bout de l'allée pour quémander des caresses que Tiphaine oubliait de lui donner, trop absorbée par ce qu'elle venait de vivre.

Une journée bien remplie ! se dit-elle, avec ironie et dureté.

XXVI

Lorsqu'elle arriva aux « Eglantines », elle aperçut une ombre, derrière le rideau du salon. Elle devina qu'il s'agissait de Cyprien. Celui-ci commençait sérieusement à s'inquiéter. Il savait que la jeune femme était sensible et ce qui était survenu, dans le petit bois, le tourmentait. Aussi, quel ne fut pas son soulagement, lorsqu'il vit Tiphaine ouvrir la grille et pénétrer dans le parc !

Les garçons se précipitèrent à sa rencontre, en hurlant. Ils jouaient aux Indiens et voulaient la faire prisonnière. Cyprien dut sortir pour intervenir sur la demande d'Amaya, occupée à donner les dernières recommandations pour le repas du soir à Clarence, leur bonne.

Les regards de Tiphaine et de Cyprien se croisèrent. Et aussitôt, la jeune femme baissa les yeux. Cyprien se sentit gêné. Les enfants criaient et gesticulaient, en se débattant, tandis que leur père avait réussi à les attraper tous les trois, en même temps. Tiphaine, délivrée, s'enfuit en courant vers la maison, bientôt rejointe par les petits diables en liesse qui n'avaient eu aucun mal à se défaire de l'étreinte de leur père.

— Quelle journée ! laissa échapper Tiphaine en tombant sur le divan, plus qu'elle ne s'assit.

— Ah, oui ? Racontez donc vite ! s'exclama Amaya qui venait d'entrer, et ses yeux brillaient de curiosité et d'amusement. Mais l'expression de son regard changea en voyant l'air embarrassé de Tiphaine qui venait de sursauter, de se lever, puis de se rasseoir, presque simultanément. Et comme la jeune femme balbutiait, Amaya n'insista pas. Elle pensa à Constance. Sa sœur était renfermée, solitaire, elle avait certainement dû mal recevoir Tiphaine ou bien elle l'avait agacée avec ses histoires d'animaux.

La soirée fut égayée par les garçons qui n'avaient pas abandonné les rôles qu'ils s'étaient attribués dans leurs jeux. Mais les adultes restaient muets. Floraine et Déborah répétaient une pièce qu'elles devaient jouer chez des amies, les filles d'un colonel en retraite.

Brusquement, et sans que rien ne laissât présager une telle décision, Tiphaine annonça qu'elle quitterait Porvan, le lendemain même. En effet, elle avait oublié l'arrivée d'une cousine à Tanec et elle devait s'y rendre de toute urgence.

Elle dit cela d'un trait et en fixant l'écran de télévision. Amaya exprima ses regrets, les garçons cessèrent leurs jeux et les yeux de Cyprien laissèrent deviner une réelle souffrance qu'il ne sut pas cacher.

Tiphaine s'en aperçut et son cœur saigna. Mais elle sortait victorieuse de la lutte qu'elle avait menée, tout l'après-midi, à son insu, dans son inconscient moralisateur.

Constance apprit avec joie le départ de Tiphaine. Elle n'avait pas dormi de la nuit, pressentant le pire et s'y préparant, prête à lutter pour sauvegarder le bonheur d'une sœur qu'elle croyait ne pas aimer.

Tantôt, elle comptait mettre Amaya au courant de ses

doutes et tantôt, elle pensait qu'il valait mieux se taire, puisqu'elle n'avait aucune preuve et aussi apprit-elle le départ de l'intruse avec un réel bonheur. Elle allait pouvoir passer une journée tranquille, à la maison, avec ses chats, ce qu'elle n'avait pas espéré et elle goûta plus que d'ordinaire la joie d'être avec ses petites bêtes. Elle s'assit sous les tilleuls pour tricoter une couverture que des religieuses réclamaient pour une mission lointaine.

— Ah, non ! s'exclama Constance, encore des visites !

Au loin, elle apercevait deux silhouettes qui prirent la direction de la ferme.

— Amaya et Tilia !

Et Constance faillit s'en étouffer de surprise ! Sa sœur n'était plus venue à la ferme, depuis longtemps et jamais à pied. Elle arrivait toujours en compagnie de Cyprien qui la conduisait en voiture. Ceci ne laissait présager rien de bon à Constance. Et dès que les jeunes femmes furent à portée de voix :

— Qu'est-ce qui me vaut le plaisir de voir ma sœur chez moi ? demanda Constance, d'un air qu'elle voulait détaché et amusé.

— Nous venons aux nouvelles, répondirent Tilia et Amaya, en même temps. Puis, elles éclatèrent de rire et le pressentiment de Constance n'eut plus aucun fondement.

— Quelles nouvelles ? renchérit la vieille fille.

— Tiphaine nous a quittés précipitamment en invoquant je ne sais trop quel prétexte et cela après être revenue de chez toi. Cyprien en est tout retourné.

Cette dernière remarque fit sursauter Constance et si Tilia n'avait pas été là, elle aurait avoué ses craintes à sa sœur.

Mais, déjà la conversation prenait une autre tournure. Visiblement, toutes deux étaient venues voir Constance, parce qu'elles n'avaient rien trouvé de mieux à faire, après le départ précipité de Tiphaine qui dérangeait leurs projets.

Elles s'extasièrent sur l'ouvrage de Constance et celle-ci en tira quelque vanité.

Puis, elles montèrent chez M. et Mme André et Constance continua à tricoter en toute quiétude.

XXVII

Cyprien se rendit à Tanec, dans l'espoir d'y rencontrer Tiphaine. Celle-ci se préparait à rejoindre sa famille à la montagne, dans son village natal de Liel, niché au creux d'une vallée et éloigné de Tanec d'environ trois cents kilomètres.

Elle y passerait probablement ses vacances. La maison que ses parents avaient achetée était très vaste et ancienne. Il y avait des réparations à faire et Tiphaine aiderait sa famille dans cette entreprise de rénovation. Il valait mieux pour elle qu'il en fût ainsi à cause de ce qui s'était passé à Porvan.

On sonna, Typhaine alla ouvrir. Comme elle était absorbée dans de tristes pensées, elle oublia de regarder dans l'œil placé sur la porte, comme elle le faisait toujours, avant de répondre.

Lorsqu'elle reconnut son visiteur, elle essaya de refermer violemment la porte, mais celle-ci resta ouverte, car Cyprien avait placé son pied pour l'en empêcher. Tiphaine le pria de s'en aller, le supplia même. Il n'en fit rien et la jeune femme, à bout d'arguments et de force, se laissa embrasser puis enlacer.

Les amants connurent à nouveau quelques instants de joie intense, oubliant le monde extérieur, n'existant que pour eux-mêmes. Mais ce bonheur que Tiphaine volait à une autre, une fois les minutes d'exaltation passées, la rendait mal à l'aise.

Cyprien repartit, non sans avoir promis à sa bien-aimée de revenir, dès qu'il le pourrait. Il n'avait jamais rien connu de semblable avec Amaya, ni avec aucune autre femme.

D'ailleurs, il y avait déjà bien longtemps qu'Amaya semblait ne plus l'aimer et l'avait-elle jamais aimé ? Cyprien ne se sentait pas coupable envers elle. Seul, le fait de ne pouvoir rien promettre à Tiphaine était l'ombre qui venait ternir sa joie.

La jeune femme se dépêcha de préparer ses valises. Il fallait qu'elle parte avant le retour de Cyprien, sinon, elle ne pourrait plus réagir. Elle savait que sa famille s'inquiéterait si elle n'allait pas la rejoindre, comme elle le faisait chaque année. De plus, elle voulait rompre ce lien qui commençait à l'unir à Cyprien, un homme marié, père de cinq enfants et de trente ans, son aîné. Elle pensait à tout cela avec une réelle souffrance et elle en éprouvait une certaine honte. Tout ce que ses grands-parents avaient fait pour se frayer un droit chemin, dans ce pays étranger à leur naissance, à leur origine, allait s'effondrer d'un seul coup avec elle, avec le scandale que cette liaison allait provoquer, dès que quelqu'un l'apprendrait.

Aussi, Tiphaine s'affairait-elle désespérément, pour organiser son départ de Tanec, le plus rapidement possible. Avec le recul des vacances, à son retour, elle aurait plus de courage pour fermer sa porte et son cœur à Cyprien.

XXVIII

Très tôt, le lendemain, Tiphaine rangea ses valises dans le coffre de sa voiture, une Rancho blanche, et partit précipitamment. Elle ne s'arrêta que pour laisser les clés à sa propriétaire qui avait accepté de passer, de temps à autre, à l'appartement, afin de vérifier si tout était en ordre.

Elle quittait Tanec, avec un réel soulagement. Elle allait ainsi mettre une distance considérable entre Cyprien et elle. Cette idée la consolait de ce qui était survenu, tout en l'attristant.

Elle engagea son véhicule sur l'autoroute et, lorsqu'elle passa à proximité de Porvan, ce fut à Constance qu'elle pensa, car elle venait d'apercevoir sa ferme. La lumière brillait au rez-de-chaussée. Sans aucun doute, Constance était déjà levée. Machinalement, Tiphaine jeta un coup d'œil à la montre placée sur le tableau de bord. Il n'était pas tout à fait cinq heures !

— Que peut-elle bien faire à une heure pareille ? se demanda-t-elle, avec un vif intérêt. Puis, elle se souvint que son amie devait s'occuper de ses animaux avant de se rendre à son travail.

— Chère Constance ! Elle était si dévouée avec tout le

monde. Etait-elle payée de retour ? C'était peu probable. Mais, Tiphaine reconnaissait facilement que les animaux dont celle-ci s'entourait, devaient représenter une réelle compensation qui n'était pas des moindres.

Elle frissonna, en laissant derrière elle, le petit bois et l'allée de tilleuls si minuscules dans le lointain, qu'ils en étaient presque ridicules.

Elle accéléra et goûta l'ivresse de la vitesse. Son véhicule fendait le vent, telle la charrue la terre, formant un sillon invisible.

Elle s'arrêta dans un petit village de montagne situé à cinq cents mètres d'altitude, environ. L'eau qu'elle but à la fontaine de la place était fraîche et savoureuse. Elle la dégusta, puis elle se lava le visage pour se rafraîchir un peu et se sentit envahir d'un bien-être qui la reposait en même temps de sa longue course, dans la brise matinale.

Le soleil était déjà haut, dans le ciel d'un bleu éclatant. Tiphaine s'assit sur l'unique banc de la place circulaire où trônaient la fontaine et un peuplier. Elle pensait :

— Un jour se lève, il est nouveau et tous les espoirs sont permis.

En effet, n'avait-elle pas réussi à éviter Cyprien ? Cet amour ne pouvait la conduire nulle part, il ne débouchait sur rien. Il était l'incertitude et il laissait derrière lui la saveur certes, mais surtout l'âpreté et l'amertume du fruit défendu. De ceci, Tiphaine en était convaincue plus que de tout autre chose.

Ce qu'elle éprouvait pour Cyprien était survenu tel un bruit de fanfare et au moment où elle s'y attendait le moins. C'était donc cela le coup de foudre ! Cyprien était âgé, père de famille. Comment cela avait-il pu avoir lieu ? Tiphaine n'en savait rien et elle se le demandait encore. Mais toujours était-il que les événements s'étaient enchaînés les uns aux autres avec la rapidité d'un tourbillon qui détruit plus qu'il n'apporte.

La jeune femme réfléchissait ainsi, calmement maintenant, dans ce petit village qui semblait suspendu entre ciel et terre.

Des enfants traversèrent la place en se poursuivant et en criant. Elle eut juste le temps de les voir passer avant qu'ils ne disparussent au bout d'une rue longue et étroite.

Une femme âgée avançait lentement vers la fontaine, un broc à la main. La peau de son visage et de ses mains était extrêmement ridée. Elle se tenait penchée en avant, comme si elle voulait résister à une force invisible. Elle remplit son broc d'eau fraîche et, apercevant Tiphaine qui l'observait, elle lui sourit avant de s'éloigner vers une rue animée. Tiphaine la suivit, car elle venait d'y apercevoir quelques boutiques et comptait s'acheter quelque chose à manger. La vieille femme s'arrêta devant une porte vermoulue qu'elle ouvrit avec précaution et s'engouffra dans un couloir sombre, sans se retourner.

Tiphaine prit des oranges, deux sandwiches au fromage et quelques boîtes de jus de fruit. Le marchand était fort sympathique et enjoué. La jeune femme le salua gaiement, puis elle se dirigea vers l'endroit où elle avait garé son véhicule et démarra rapidement.

Elle n'était plus très loin de Liel, mais elle voulait s'arrêter en route pour déjeuner et elle choisit un endroit approprié où se trouvaient déjà quelques touristes bavards, attablés sous les mélèzes. Ces arbres gigantesques faisaient rêver Tiphaine. Il lui semblait qu'ils emportaient la vie terrestre vers le ciel bleu et serein.

Elle mangea en savourant chaque bouchée, puis elle repartit.

XXIX

Elle arriva à Liel, au début de l'après-midi. Il faisait très chaud, même dans ce village de montagne, celui-ci étant niché au creux d'une vallée. Pour y accéder, il fallait redescendre du haut des monts et laisser la zone des mélèzes pour retrouver celle des sapins, car le village n'était qu'à cinq cents mètres d'altitude environ.

Toute la famille était réunie dans la vaste salle de séjour d'où l'on apercevait de lointains sommets aux neiges éternelles, lorsque Tiphaine entra.

— Quelle bonne surprise ! s'exclamèrent, presque en même temps, sa grand-mère et ses jeunes frères.

— Nous t'attendions plus tôt ! fit remarquer sa mère, en l'embrassant.

Son père fumait sa pipe, tranquillement, près de la fenêtre, en lisant.

— Ma chère enfant ! balbultia-t-il, ému et surpris. Comme je suis content de te revoir ! Tu m'as beaucoup manqué et ce trimestre fut bien long sans toi !

Tiphaine était heureuse de le revoir. Son père avait toujours été très gentil avec elle et elle l'embrassa avec tendresse, en lui entourant le cou de ses deux bras.

Ses frères sortirent pour aller chercher ses bagages.

Ils inspectèrent la voiture avec un intérêt évident. Ils savaient que de belles promenades interminables allaient commencer pour eux.

Alexandre était un garçon robuste, aussi blond que sa sœur, au teint clair et aux yeux noirs. Il était âgé de quinze ans et passionné pour l'informatique. Il comptait d'ailleurs donner quelques cours à sa sœur puisqu'il avait reçu, en cadeau de celle-ci, un petit ordinateur.

Noël avait treize ans et il était de santé fragile, blond lui aussi, au teint pâle et aux yeux vert d'eau comme sa mère.

L'après-midi passa très vite pour Tiphaine qui dut ranger ses affaires, gênée plus qu'elle n'était aidée par sa grand-mère, laquelle ne cessait de babiller et par ses frères qui s'agitaient, criaient, se disputaient.

XXX

A Porvan, Constance tricotait sous les tilleuls, inlassablement, dès qu'elle se retrouvait chez elle, après son travail. Le jour était maintenant interminable et il fallait occuper les soirées longues et chaudes. Elle avait trouvé ce passe-temps qui rendait service à des œuvres missionnaires auxquelles elle offrait, ensuite, le fruit de son travail.

Mais quelle ne fut pas sa surprise, ce soir-là, en voyant surgir Cyprien au bout de l'allée !

C'était un Cyprien bien peu reconnaissable qui arrivait ! Il était essoufflé et triste. Il avait une mine déconfite. Constance ne le retrouva, ni dans ses propos pour la plupart incohérents, ni dans son allure si peu soignée. Il était venu à pied, ce qu'il ne faisait que très rarement.

— Et vos amies ? demanda-t-il à Constance, à brûle-pourpoint.

— Je n'ai pas vu Tiphaine et Tilia est malade, répondit Constance, avec un regard inquisiteur qui voulait en dire long. Les doutes de la vieille fille reprirent brusquement, en même temps que cette question.

En effet, Cyprien revenait, déçu, malheureux, de Tanec où il avait longuement sonné à la porte de l'appartement de Tiphaine. Mais, celle-ci était restée hermétiquement fermée. Aussi était-il venu voir Constance dans l'espoir d'apprendre ce qu'il ignorait.

Ce fut au tour de cette dernière de questionner Cyprien :

— Que s'est-il donc passé aux « Eglantines » pour que Tiphaine s'en retourne si vite à Tanec ? Et son regard était tel qu'il semblait fouiller le subconscient de Cyprien, avec une insistance qui le mit mal à l'aise. Il put, néanmoins, rétorquer avec un certain détachement :

— Tiphaine devait rejoindre une cousine, nous a-t-elle dit. Les enfants ont dû la fatiguer, sans aucun doute. J'irai prendre de ses nouvelles chez Tilia, à l'occasion.

Mais Constance n'était pas satisfaite. Elle eut du mal à se retenir de parler franchement à Cyprien. Elle jugea, cependant, que le moment n'était pas encore venu. Pour l'instant, elle ne se basait que sur des suppositions et une intime conviction qui ne débouchaient sur aucune preuve matérielle. Il valait mieux attendre et puisque Tiphaine était partie, Constance ne devait plus s'inquiéter. Elle venait de comprendre que Cyprien était là, devant elle, chez elle, pour en savoir plus sur la jeune femme. Le danger, si danger il y avait, n'était pas imminent et laissait un peu de temps de réflexion à Constance qui, d'ailleurs, se mêlait de ce qui ne la regardait pas. Elle réussit ainsi à se raisonner et invita Cyprien à boire une infusion de tilleul qu'il accepta avec joie, visiblement soulagé.

Après avoir vu Constance, Cyprien se rendit chez Tilia. Il comptait ainsi apprendre où était allée Tiphaine. Mais Tilia ne savait rien de plus. Elle était malade et Cyprien lui trouva même un air étrange. Il mit cela sur le compte de la maladie et il n'y pensa plus.

Il rentra chez lui, déçu, mais au fond soulagé de ne pas avoir trouvé Tiphaine. Il comprenait que cette situation devenait compliquée. Il ne savait plus trop ce qui lui était arrivé. Maintenant, il pourrait réfléchir. Il se sentait calme et il était souriant lorsqu'il monta, quatre à quatre, les marches du petit perron qui conduisaient à la salle de séjour. Les enfants l'accueillirent en poussant des cris de joie. Amaya suivait une émission à la télévision, avec un grand intérêt. Floraine et Déborah préparaient le repas du soir et s'activaient, tout en se querellant. Ellis vint se jeter à ses pieds et lui entoura les jambes de ses deux bras.

— Mon petit papa aimé ! s'exclama-t-il, comme je l'aime, ce petit papa !

Ces mots produisirent l'effet d'un « catalyseur » sur l'esprit troublé de Cyprien. Il fut brutalement rappelé à la réalité. Comme il appréciait maintenant l'attitude de Tiphaine ! Il se mit à l'aimer encore plus tendrement. Cette paix familiale, ce bonheur simple, faits de mille riens et pourtant si menacés tout à coup, par sa faute, venaient de lui être rendus, grâce à l'honnêteté, à la perspicacité et à l'intelligence d'une personne étrangère au foyer. Tiphaine lui apparut dans toute sa pureté.

Amaya bâilla, s'étira, tel un chaton. Cyprien eut pitié d'elle et l'embrassa. Yannis et Virginien s'étaient attablés et ils s'étaient déjà emparés de leurs serviettes. Ils étaient visiblement affamés.

Mentalement, Cyprien remerciait presque Tiphaine d'être partie. Toutefois, il n'avait pas cessé, pendant une seconde, de penser à elle et tout lui rappelait la jeune femme, même cette charmante soirée familiale. Mais Cyprien était quand même heureux et chacun fut aussi gai que lui. Le bonheur n'est-il pas contagieux ?

Pourtant Cyprien ne trouva pas le sommeil, cette nuit-là. Plus il réfléchissait, plus il était convaincu que

Tiphaine était retournée dans sa famille, à Liel. Il aurait aimé savoir si elle avait fait bon voyage. Peut-être, allait-elle lui écrire pour le rassurer. Alors, dès le lendemain, il se mit à guetter le facteur, depuis sa pharmacie. Et lorsqu'il y avait du courrier, il le prenait avec une hâte fébrile. Cette attente le rendait impatient et il rabrouait sa préparatrice qui ne comprenait plus rien à ce changement. La pauvre fille croyait que le rendement dans son travail avait baissé et elle s'en attristait un peu plus, chaque jour. Cyprien voyait cela et s'en voulait. Pour se faire pardonner ses sautes d'humeur, il l'invitait à dîner aux « Eglantines ».

Plus les jours passaient ainsi et plus Cyprien devenait irritable avec tout le monde. Ceci ne pouvait passer inaperçu. Il avait toujours été un homme équilibré et calme, maître de ses désirs et de ses sentiments. Cette attitude inquiéta Amaya qui, le croyant malade, lui conseilla d'aller trouver leur ami médecin, Lucillien Tilliet. Tout d'abord Cyprien s'en garda bien, puis, brusquement, un jour, une idée lui vint qui ne le lâcha plus. Il alla trouver son ami qui le reçut fort amicalement, mais qui ne put s'empêcher de s'étonner de sa présence dans son cabinet. Il le savait de santé robuste et à toute épreuve.

— J'ai à te parler, Lucillien ! Pourrais-tu me rendre un service ?

Et, au fur et à mesure que Cyprien exposait ce qu'il attendait de son ami, celui-ci écarquillait les yeux, ouvrait la bouche, sous l'effet d'une intense émotion et d'une stupéfaction non feintes. Puis, il éclata d'un rire sonore, interminable qui trahissait une nervosité impossible à cacher.

XXXI

A Liel, Tiphaine aidait ses parents à repeindre la salle de séjour. Ensuite, le soir, elle avançait sa recherche ou lisait. Ses frères lui avaient demandé de les conduire à la station la plus proche des rochers enneigés. Ils voulaient faire de l'escalade et elle accepta avec joie. Elle s'occupait activement afin de ne jamais rester en tête à tête avec elle-même. La turbulence d'Alexandre et de Noël l'aurait déprimée à un autre moment de son existence, mais actuellement, elle avait besoin de bruit autour d'elle. Les enfants avaient bien vite remarqué qu'ils pouvaient s'en donner à cœur joie en présence de Tiphaine et ils ne s'en privaient pas. C'étaient des poursuites, des hurlements à travers toute la maison, puis dans le jardin. Leur grand-mère riait, applaudissait. Eux, vantaient les mérites d'une sœur aussi indulgente à leurs amis qui n'hésitaient pas à se joindre à leurs jeux, le cas échéant.

Ce dimanche-là, Tiphaine emmena ses frères à Milly. C'était un hameau proche de Liel. De là, on voyait distinctement les sommets enneigés et l'air y était vif et frais. Tous trois entreprirent des promenades sans fin dans la forêt de sapins et de mélèzes. Alexandre et Noël n'étaient jamais fatigués. Ils voulaient toujours grimper plus haut, découvrir de nouveaux espaces. Les oiseaux semblaient organiser des concours de chants interminables. Tiphaine goûtait avec une joie sans mélange le calme profond des bois. Ses frères la distrayaient de ses pensées moroses et le silence de la forêt, troué seulement par le gazouillis des passereaux, le murmure de l'eau et le bruissement de quelques feuilles, la reposait. La forêt se plaignait-elle ainsi de la présence de ces intrus qui avaient élu domicile pour une journée entière, sous les grands arbres majestueux ?

Ils pique-niquèrent sur l'herbe fraîche. Un troupeau de chèvres passa non loin d'eux et une chevrette s'arrêta, étonnée de cette présence insolite. Elle les regarda longuement, en mâchant un brin d'herbe qu'elle venait de brouter à leurs pieds. Ses immenses yeux ovales fixaient les convives avec curiosité. Puis l'indifférence l'emporta et le petit animal bondit pour rattraper le reste du troupeau qui avait déjà disparu. Personne n'avait bougé pour éviter de l'effrayer. Noël avait admiré sa robe marron, ses petites cornes noires et son allure fière. Il pensa à « la chèvre de M. Seguin » et ce qu'Alphonse Daudet en avait écrit. Il vit les arbres se baisser pour caresser cette petite princesse des bois et toute la montagne lui faisant fête avec son élégant cortège de fleurs parfumées et de bêtes innombrables.

Après ce frugal repas, les enfants reprirent leur escalade dans la montagne, suivis à distance par leur sœur qui commençait à s'essouffler. Elle leur trouvait une mine resplendissante de santé. Même Noël, le plus fragile de toute la famille, était plein d'entrain.

Un chamois apparut sur une crête, se découpant sur un ciel bleu gris. Ses bois lui donnaient un air majestueux et digne. Il tenait la tête haute, tournée vers les hauteurs.

— Quel noble animal ! pensa la jeune femme. Elle l'entendit bramer dans le lointain et son cri, prolongé, amplifié, répété par l'écho, ressembla à un sanglot humain. Ce brame contrastait étrangement avec l'allure de l'animal.

Tiphaine accéléra le pas pour retrouver ses frères. Ceux-ci faisaient une halte près d'un cours d'eau où ils se rafraîchissaient. Elle s'assit sur une grosse pierre, se déchaussa et massa ses pieds douloureux, puis elle les plongea dans l'eau froide. Elle en éprouva une sensation de bien-être et de repos.

Trop exténués pour reprendre la route, ils décidèrent d'un commun accord de redescendre et de rentrer à Liel où les attendaient une grand-mère enjouée et curieuse, un père affectueux et une mère active.

Le retour ne fut pas triste. On chanta et on parla beaucoup. Tiphaine essayait de conduire prudemment et de ne pas se laisser distraire, ni étourdir par le babillage de ses frères.

XXXII

A la maison, régnait une inhabituelle effervescence. Sa mère rangeait les assiettes à dessert et les tasses à café. Sa grand-mère allait et venait de la cuisine à la salle de séjour, un torchon à la main et son père, debout au milieu de la pièce, ne cessait de répéter :

— Deux hommes charmants, cultivés et d'une politesse peu ordinaire !

Tiphaine comprit à quoi était dû tout ce remue-ménage. On venait de recevoir deux visiteurs d'un coup, et c'était chose peu commune : des collègues de son père, sans aucun doute !

Sa grand-mère cria presque en l'apercevant :

— Devine donc qui était ici, il y a quelques minutes à peine ?

Tiphaine préféra donner sa langue au chat.

— Porvan ! avec sa médecine et sa pharmacie ! dit la vieille femme avec un petit sourire en coin. Puis, elle renchérit :

— Le médecin est fort bel homme ! et pas encore marié !

Tiphaine frissonna, s'affola, mais se ressaisit et ne laissa rien paraître de son émotion. Lucillien et Cyprien étaient venus ici, ensemble et elle se demandait bien pourquoi. Elle n'avait vu Lucillien qu'une fois, aux « Eglantines » et elle ne gardait de cette rencontre qu'un bien vague souvenir.

Son père éclaira sa pensée :

— Ils sont allés assister à un congrès de médecine à Teuil et nous les avons invités à déjeuner. Ils viendront demain. Le médecin semblait déçu de ne pas te voir !

C'était de la plaisanterie, mais Tiphaine reçut la remarque comme un coup d'épée.

— Pauvre papa ! Comme il se trompe ! Lui, si honnête, que penserait-il de moi s'il savait que j'ai choisi la voie tortueuse ? On a la vie que l'on se fait, se répéta-t-elle, avec amertume.

Alors, elle décida de continuer la lutte. Sa vie ne devait pas décevoir ceux qui avaient mis toute leur confiance en elle. Et aussitôt, elle regretta sa décision. Que faisait-on de son bonheur, de ses sentiments ? Le tout était de savoir si elle pouvait être heureuse de cette façon-là. Elle avait déjà répondu négativement à cette question. Il ne fallait pas y revenir et s'en maintenir à cette nouvelle décision qui apportait, en échange, une paix intérieure non négligeable.

Aussi affronterait-elle Cyprien et tâcherait-elle de le raisonner. Ce congrès médical était un prétexte et elle le savait.

XXXIII

Ce fut elle qui alla ouvrir lorsque, le lendemain, la clochette du portail retentit. Elle espérait pouvoir parler rapidement à Cyprien et lui faire comprendre qu'il ne fallait pas perpétuer une erreur. Mais, en l'apercevant, pâle, les traits tirés, ses forces faillirent la trahir. Toutefois, elle resta maîtresse d'elle-même et parla. Cyprien l'écoutait, attristé, et Tiphaine eut pitié de lui, mais elle ne céda pas. Pour toute réponse, il lui dit qu'elle était encore plus belle et qu'il voulait seulement apprécier la joie qu'il ressentait d'être auprès d'elle. Ensuite, il retournerait à Porvan et il la laisserait vivre comme bon lui semblerait. Lucillien les suivait lentement afin de ne pas les déranger. Pour faire plaisir à son ami, il avait accepté de l'emmener à ce congrès de médecine. Cyprien l'avait prié, en outre, de convaincre Amaya de le laisser partir seul. Dans quelles complications son ami s'était-il engagé ?

Il avait été sensible lui aussi à la beauté de Tiphaine et à son intelligence. Il comprenait parfaitement la réaction de Cyprien, mais il ne lui donnait pas raison, à cause de sa situation familiale. Il se comportait comme un gamin. Aussi, fut-il heureux d'apprendre la décision de la jeune femme. Mais, Cyprien contrit, bouleversé, meurtri s'enferma dans un mutisme qui ne passa pas inaperçu. Lucillien, contrairement à son habitude, car il était peu bavard, fit ce jour-là, les frais de la conversation. Il était gai, enjoué et Cyprien pensa que le malheur des uns faisait le bonheur des autres. Il n'en voulut pas à son ami qui avait essayé de l'aider tout en le mettant en garde contre la triste issue d'une pareille aventure. Il ne s'était pas trompé. La fin arrivait plus tôt que prévue, et sans avoir fait trop de dommages ; c'était la seule différence.

Lucillien se sentait à l'aise chez les Lupini qu'il trouvait originaux et sympathiques. La grand-mère ne cessait pas de l'étonner et de l'amuser. Les frères de Tiphaine étaient turbulents mais gentils et attentionnés à son égard ; ses parents, hospitaliers et généreux. Il avait l'impression d'être chez lui et il en fut le premier surpris. Il retrouvait la chaleur d'une famille, d'un foyer. Il pensa à ses parents, à son enfance, à sa vie d'autrefois. Son père et sa mère étaient morts prématurément, dans un accident de voiture. Il était fils unique et il avait pris, depuis lors, l'habitude de vivre seul.

On l'invita pour le surlendemain et il eut du mal à cacher sa joie. Puis Cyprien annonça son départ par le train du soir et toute la famille voulut l'accompagner à la gare, mais il refusa. Son regard croisa alors celui de Tiphaine. Il vit une grande tristesse dans ses yeux bleu pâle et il en fut encore plus désespéré. Rien n'était facile en ce monde. La vie vous offrait soudain un grand bonheur qu'elle vous retirait presque aussitôt, sans crier gare, sans raison.

XXXIV

Lucillien revint chez les Lupini, presque tous les jours qui suivirent le départ de Cyprien. Le congrès allait bientôt prendre fin. Lucillien avait été si heureux à Liel qu'il n'éprouvait plus aucune joie à rejoindre Porvan. Il aurait bien voulu prolonger son séjour, mais ses malades l'attendaient. Il passa prendre congé de Tiphaine et de sa famille qui lui avaient rendu la vie si agréable ces derniers jours. Il trouva que la jeune femme avait fait face à ses problèmes affectifs avec une parfaite maîtrise d'elle-même et un très grand équilibre. Il l'envia d'être aussi sûre d'elle, car il ne savait rien de la lutte intérieure et acharnée que celle-ci avait menée contre elle-même.

Tiphaine lui tendit sa main et il la retint prisonnière un peu trop longtemps, sans doute, car il sentit que la jeune femme tentait un mouvement pour se libérer. Il rougit instinctivement et il eut honte de son attitude qui semblait vouloir profiter de la mésaventure d'un ami.

Tiphaine lui sourit et Lucillien se sentit transporté de joie. On aurait dit qu'un rayon de soleil venait d'éclairer un coin sombre de sa vie. Il lui sut gré de ce bonheur nouveau, de ce don d'un printemps en plein mois de juillet, de cette fraîcheur sous un soleil de plomb, de cet air léger qui soufflait soudain sur son existence, dans la chaleur torride d'un été trop sec. Il avait envie de lui crier ses remerciements, mais il ne pouvait le faire sans la peiner. En effet, celle qui apportait, venait de tout perdre, celle qui donnait, ne recevait plus. Il se contenta de lui dire combien il avait passé un séjour agréable à Liel et à Teuil et qu'il espérait bien revenir pour quelques jours de vacances, avant la fin de l'été, dans ce petit village où l'air était si pur et les gens si gais. Il s'en voulut aussitôt d'avoir prononcé son dernier mot. Mais, Tiphaine continuait à lui sourire d'un air mystérieux qui le mit mal à l'aise, pour lui dire enfin ceci :

— C'est moi qui suis heureuse de vous avoir reçu et je vous remercie de votre présence, car elle m'a été bien précieuse pour surmonter une épreuve que je me sentais incapable d'affronter. Vous m'avez aidée, Lucillien et je pense que nous nous reverrons bientôt. J'aimerais tant que nous restions amis.

Lucillien sentit que son cœur s'affolait dans sa poitrine. Il n'osait pas espérer un pareil bonheur. Ce qui le gênait pourtant c'était Cyprien. Pourquoi fallait-il qu'il aimât tout ce que son ami préférait ? Pourquoi fallait-il que sa propre vie eût toujours un lien avec la sienne ?

XXXV

Il rentra à Porvan dans la matinée. Le soleil était déjà chaud et Lucillien se sentait mal à l'aise. Entre deux visites à ses malades, il s'arrêta chez Cyprien. Celui-ci le reçut avec empressement. Il voulait savoir comment allait Tiphaine et Lucillien en fut contrarié.

— Tu ferais mieux de ne plus penser à elle ! lui répondit-il brutalement, puis il se repentit d'avoir été si direct. Que cherchait-il à faire ? Cyprien n'était-il pas déjà assez malheureux ? Pourquoi voulait-il l'accabler ? pour s'approprier une fois encore le bonheur de son ami ? Oui, une fois de plus ! parce qu'il avait aimé Amaya et elle était toujours amoureuse de lui ! Yannis était né de cette liaison et tous deux avaient voulu cette naissance qui symbolisait leur amour tandis que Cyprien, dans sa bonté infinie, ne s'était rendu compte de rien !

Lucillien baissa la tête, chagriné. Cyprien interpréta ce mouvement à sa manière :

— Tu me caches quelque chose, Lucillien ! Tiphaine est malheureuse, n'est-ce pas ? Peut-être est-elle malade ?

Et comme son ami se taisait, honteux et rêveur, Cyprien cria :

— Tiphaine est malade !

Charlaine, la préparatrice, sursauta et Lucillien lui intima le silence.

— Tais-toi ! Tout va bien à Liel ! Excuse-moi ! j'ai été fatigué par cette route en lacets. Tu sais que je n'aime pas conduire trop longtemps.

— C'est moi qui te dois des excuses, Lucillien. Je t'ai imposé une épreuve supplémentaire. Comme si tu n'avais pas assez de celles que te réservent tes malades, ta vie quotidienne. Et moi, je suis venu vers toi avec mes enfantillages.

Lucillien le regarda, soudain agréablement surpris. Appeler des enfantillages l'amour pour Tiphaine signifiait que Cyprien était en voie de guérison. C'était une passion qui était née dans un brasier et celui-ci s'éteignait, faute d'être alimenté.

— Bravo Cyprien ! Il est temps de te ressaisir !

Et comme son interlocuteur l'observait d'un air interrogateur :

— Tu vas guérir ! lui dit-il, simplement. Fais-moi confiance !

— Que ferais-je sans ton amitié ? lui demanda brusquement Cyprien.

— Tu ne t'en porterais que mieux ! lui répondit l'autre, en voulant plaisanter, mais sa voix s'enroua.

Cyprien prit cela pour de l'émotion et il n'en aima que plus cet ami si dévoué à sa personne. Il comprenait à cet instant qu'un homme en pût aimer un autre. Il n'avait jamais eu aucun penchant homosexuel, mais à cette seconde-là, qui sait !

XXXVI

En rentrant à la maison, Cyprien se sentait plus calme, ce jour-là. Mais, il trouva Amaya désappointée de n'avoir pas reçu la visite de Lucillien. Il prit aussitôt la défense de son ami. Amaya, révoltée par cette attitude, éclata :

— On ne sait jamais à qui on a affaire ! Et si tu savais tout !

Un éclair de folie passa dans ses yeux sombres. Cyprien frissonna. Sa femme était sur le point de trahir un secret qu'il ne voulait pas entendre. Il quitta précipitamment la maison et se rendit au box de Pax. Il sortit son cheval et le caressa, lui parla avec douceur. Celui-ci pencha sa tête de côté pour l'écouter, comme il le faisait souvent. Cette attitude amusa Cyprien qui oublia d'un coup tous ses déboires. Il alla chercher la selle, le harnais et les guêtres, puis il s'appliqua à habiller l'animal qui piaffait d'impatience devant une sortie champêtre.

Il enfourcha Pax et partit au galop vers le petit bois et la ferme de ses beaux-parents. Pax allait, crinière au vent, et Cyprien se sentait presque heureux. Tiphaine était loin de Porvan et maintenant elle désertait ses pensées. Il fut soulagé et gai comme un enfant.

De loin, il aperçut Constance qui courait, plus qu'elle ne marchait vers l'autoroute. Cyprien devina qu'Emmanuel avait dû fausser compagnie à sa maîtresse et il s'attendrit sur le sort de Constance si aimable avec tout le monde. Il comprenait mieux son amour pour les animaux, depuis qu'il avait Tim, le caniche, et Pax, à la maison et qu'il passait quelques minutes, chaque jour, à observer leurs réactions, leurs attitudes.

Lorsqu'il fut près de Constance, il arrêta Pax et sauta à terre pour la saluer. Celle-ci, affolée, la tête couverte de bigoudis, le mit rapidement au courant de la disparition d'Emmanuel. Cyprien lui proposa de l'aider à le chercher. Alors, dans les yeux de Constance, brillèrent, l'étonnement et la joie. Elle était si peu habituée à ce genre de propositions qu'elle sourit, malgré son angoisse.

Cyprien enfourcha Pax et commença une minutieuse recherche. Il était amusé par sa conduite, mais il n'en découvrit pas moins Emmanuel, à l'endroit opposé à celui où se trouvait Constance. Il était occupé à guetter une proie, sans doute un lapereau, mais Cyprien n'aperçut rien. Le chat était assis devant un terrier et il serait resté là pendant des heures encore, sans bouger, tandis que Constance l'aurait cherché à l'autre bout de la propriété, bouleversée par la crainte de ne plus le revoir. Cyprien descendit lentement de cheval et s'empara d'Emmanuel, avant que celui-ci ait pu faire un bond pour s'esquiver. Cyprien éprouva une grande fierté en pensant à son agilité et à la joie de la pauvre Constance qu'il voyait dans le lointain, allant et venant, les mains en porte-voix, autour de sa bouche, pour mieux se faire entendre d'Emmanuel qu'elle appelait.

En voyant arriver Pax, lentement, suivi par Cyprien, Constance ne put retenir un mouvement de joie, car elle devina qui était le petit fardeau blanc que portait son beau-frère.

Elle s'empara du chat avec précaution, et ne put s'empêcher d'embrasser Cyprien qu'elle invita pour la traditionnelle tasse de tilleul que celle-ci ne manquait jamais d'absorber après toute émotion.

Elle lui demanda si son voyage à Teuil s'était bien passé, si le congrès avait été intéressant. Cyprien mentit comme à plaisir. Il se promit qu'un jour il raconterait la vérité à Constance. Elle pouvait tout entendre, tout comprendre et tout pardonner et il avait besoin de lui parler de ce secret qui devenait, chaque jour, un peu plus lourd pour lui. D'ailleurs, Constance, avec la perspicacité dont elle faisait preuve, n'avait-elle pas tout deviné ? Or, cette supposition, au lieu de l'alarmer, le consolait et il ne savait pas pourquoi.

XXXVII

Tilia se remettait lentement de sa maladie. Elle aussi avait deviné quel genre de liens unissaient Cyprien et son amie, Tiphaine. Elle en était bouleversée et profondément peinée. Le choc nerveux qu'elle avait reçu, lorsqu'elle s'en était rendu compte, était à l'origine de ses malaises. Elle avait dû s'aliter et le médecin avait diagnostiqué un état grippal à cause de la forte fièvre qui secouait la malade et du virus qui faisait des ravages. Mais, lorsqu'il revint la voir, il lui conseilla de prendre quelques jours de vacances et de changer d'air. Tilia ne suivit pas les conseils de Lucillien et la vision de Tiphaine et de Cyprien enlacés ne la quitta plus. Elle ne cessait de les imaginer ensemble et cette pensée devint une idée fixe. Elle savait pourtant que son amie était partie et que Cyprien se trouvait à Porvan. Mais, elle ne réussissait pas à se calmer. Pour quelles raisons était-elle ainsi ? Elle ne le savait que trop. Tilia ne s'était jamais intéressée à un homme. Elle était profondément attachée à Constance mais celle-ci ne voyait rien ou faisait semblant de ne pas comprendre. Et voilà que l'arrivée de Tiphaine avait tout transformé. Elle était vraiment tombée amoureuse de cette jeune et jolie femme. Elle avait été séduite par sa vivacité, son intelligence et son élégance. A côté d'elle, Constance ne représentait plus qu'un vague souvenir lointain et minuscule. Elle avait trouvé Constance originale avec ses chats et sa tisane de tilleul. Maintenant, elle pensait qu'elle était passive et sotte. Tiphaine l'avait éclipsée, éclaboussée, puis repoussée au fin fond de son inconscient. Constance restait une simple amie pour Tilia, une connaissance ordinaire.

Celle-ci souffrait. Elle avait mal d'aimer quelqu'un qui ne répondrait pas plus que Constance à son amour, un amour interdit, étrange et jamais partagé. Tout ce que Tilia savait maintenant c'était que Tiphaine aimait Cyprien, sinon pourquoi serait-elle partie si précipitamment ? Elle voyait encore briller cet amour dans leurs yeux, lorsque le regard de l'un rencontrait celui de l'autre.

Tilia songeait à ce qu'elle-même était vraiment. Elle avait eu, avec un collègue de bureau, une aventure sans lendemain ou presque. Bref, il n'y avait pas de quoi fouetter quelqu'un ! Mais, elle n'avait éprouvé aucun bonheur avec Matthieu. Plus tard, lorsque Constance était venue travailler à Porvan, elle avait lié une solide amitié avec celle-ci et elle avait alors compris pourquoi les hommes ne l'intéressaient pas. Elle était de l'autre côté de la barrière, un côté où il ne fallait pas aller. Et, Constance, avec ses chapelets du vendredi soir, ne passerait certainement jamais par là. Emillien resterait l'unique aventure de sa vie et son perpétuel regret. Les chats avaient changé son existence. Tiphaine avait illuminé celle de Tilia. L'amour existait partout, mais il prenait parfois des formes bien étranges.

Enfin, Tilia luttait de toutes ses forces contre son mal, mais en vain. Seule la présence de Tiphaine l'aurait guérie. C'était pourtant le seul remède auquel il ne fallait pas songer.

Un coup de sonnette bref et décidé retentit et tira Tilia de ses pensées moroses.

C'était Cyprien qui passait prendre de ses nouvelles, mais elle devina fort bien le but de sa visite et malgré son chagrin, elle sourit. Après tout, Cyprien et elle avaient un point commun : ils aimaient la même personne. Tilia se jugea sévèrement, sans indulgence.

Ils parlèrent de Tiphaine, longuement et avec joie. Cyprien sentit que Tilia appréciait tout particulièrement la jeune femme et il lui en sut gré. Malheureusement, il ne put rien savoir de nouveau, la concernant.

Tilia raccompagna Cyprien jusque sur le palier. En prenant congé d'elle, il lui serra la main très fort. Alors, tous deux échangèrent un sourire et dans les yeux de Cyprien, brilla une étrange lueur. Tilia se troubla et rougit. Cyprien avait-il compris quel genre d'amitié la liait à Tiphaine ? C'était possible et elle détourna son regard, afin que celui-ci ne fût pas témoin de sa gêne.

Le lendemain, elle reçut une lettre de Tiphaine qui lui racontait sa vie à Liel. Elle n'y lut aucune allusion à son départ. Elle n'apprit rien de plus, mais elle fut si heureuse d'avoir des nouvelles de son amie qu'elle s'habilla et sortit pour choisir une carte postale de Porvan qu'elle voulait originale.

Elle commença à rédiger un brouillon de la lettre qu'elle lui destinait et elle passa tout son après-midi à lui écrire. Puis, elle déchira la lettre qu'elle venait de recopier et n'envoya que la carte postale où elle donnait très brièvement de ses nouvelles et de celles de Constance, par la même occasion.

En revenant du bureau de poste, elle s'arrêta à la pharmacie pour acheter quelques médicaments et pour y rencontrer Cyprien.

Elle voulait le mettre au courant de ce qu'elle savait, concernant Tiphaine. La cliente que celui-ci servait, c'était Germaine, la tante de Constance. Dès que cette dernière aperçut Tilia, elle commença à lui débiter tout un flot de paroles dont il était difficile de suivre le sens. La conversation devint très vite un monologue où il était surtout question de Constance que la vieille fille aimait beaucoup.

Elle se plaignait de ne pouvoir aller lui rendre visite, car ses jambes étaient trop usées pour la porter, comme elle disait. Tilia la trouvait amusante et gentille, mais elle fut soulagée de la voir partir. Enfin, elle pouvait parler à Cyprien de la personne qui leur était si chère, à tous deux. Lorsqu'elle lui dit avoir reçu des nouvelles de Tiphaine, elle vit son visage s'illuminer et le doute qu'elle portait en elle, devint une certitude.

Ils se quittèrent, complices d'un amour interdit, débordant de sincérité et d'angoisse.

XXXVIII

De son côté, Lucillien ne cessait de penser à Tiphaine. Il avait été frappé par sa beauté, sa gentillesse et son regard plein de mansuétude. Elle était équilibrée et saine. On la sentait déterminée et fière, toujours prête à la lutte.

— C'est une battante ! se prit à dire Lucillien, presque à haute voix.

Il se sentit tout attendri à l'idée de la retrouver. Cependant, les vacances ne faisaient que commencer et cette remarque qu'il se fit à lui-même, obscurcit ses pensées. Son humeur s'assombrit et il n'eut plus envie d'écouter les malades qui défilaient dans son cabinet, à la suite d'une épidémie de grippe. Il leur en voulut même d'être là, puis il se ressaisit et les examina avec une minutie dont il ne se croyait plus capable.

— Docteur, j'ai été bien essoufflée, cette nuit. J'ai failli m'étouffer et lorsque je me suis levée pour boire une gorgée d'eau, je suis tombée évanouie. Ma tête a heurté le sol, avec une telle violence que j'ai peur maintenant qu'il y ait des suites, lui dit Julie, la gorge serrée par l'angoisse.

Lucillien rit de bon cœur et ce rire persuada Julie, plus encore que ne l'aurait fait la meilleure démonstration scientifique. Elle fut heureuse de se savoir guérie et de pouvoir retourner à l'église pour la nettoyer et pour disposer les fleurs dans les vases, comme à l'accoutumée. Cela la distrayait et lui donnait un but. Ensuite, elle assistait aux messes précédées du chapelet du père Elphège. Elle y rencontrait Constance, Gertrude, les filles Labire, particulièrement. Toutes étaient restées célibataires et se rendaient plusieurs fois par semaine à l'église où elles trouvaient une utilité leur convenant. Le père Elphège plaisantait en leur prédisant un mari pour bientôt et qui sait, peut-être que l'une d'elles y croyait ! Julie était aussi accaparée par son petit magasin de laine où elle passait de longues journées à tricoter en attendant ses rares clientes qui entraient plus souvent pour bavarder que pour acheter quelques pelotes.

Lucillien la tira de sa rêverie en lui tendant une ordonnance dont Julie ne fut pas très contente car elle la trouva trop succincte. En effet, Lucillien n'aimait pas prescrire une grande quantité de remèdes, comme le faisaient la plupart de ses collègues. Il se contentait du strict minimum et n'aimait pas voir ses patients revenir trop souvent à son cabinet à cause d'une grippe ou d'une angine. Il voulait qu'ils soient guéris au bout de trois jours. C'était son délai habituel. Mais cela ne convenait pas à toutes les constitutions et certains avaient du mal à se remettre. Cependant, Lucillien ne prenait pas en considération leur faiblesse. Il leur prescrivait des remèdes plus efficaces qui avaient un effet immédiat.

Toutefois il était aimé de ses malades, car il savait leur parler et les rassurer.

XXXIX

A Liel, Tiphaine faisait des promenades interminables, dans la montagne, en compagnie de ses frères. Elle avait oublié Cyprien et leur brève liaison n'était plus qu'un souvenir étrange, empreint d'amertume. Elle occupait son temps libre à écrire, à organiser des divertissements pour Alexandre et Noël, à aider ses parents dans leurs travaux de réfection de la demeure familiale.

Elle se prenait souvent à rêver et, dans ses rêveries interminables, un visage apparaissait, mais ce n'était plus celui de Cyprien. Ce dernier avait été repoussé dans les ténèbres d'un inconscient désireux d'oubli.

Et ce fut ainsi que Tiphaine se rendit compte, peu à peu, qu'elle était tombée amoureuse de Lucillien. Enfin, elle avait réussi à reprendre son droit chemin, comme elle disait, puisque ce médecin était libre et personne, de surcroît, ne lui connaissait de liaison. Elle avait hâte que ses vacances se terminent. Elle aimait ses parents, sa grand-mère, ses frères et elle allait les quitter avec tristesse, le moment venu. Pourtant, elle désirait profondément reprendre ses cours. Elle attendait cet instant avec impatience.

De son côté, Lucillien pensait souvent à Tiphaine. Il

avait admis qu'il l'aimait, depuis longtemps déjà, et lorsque Cyprien était venu le voir, un jour, pour lui avouer l'amour qu'il portait à la jeune femme, il avait ressenti au fond de lui-même une vive déception.

Il était donc ainsi au courant de la liaison de Tiphaine et de Cyprien et c'était avec joie qu'il avait assisté à leur séparation. Il s'en voulait, toutefois, d'avoir été heureux, alors que son ami était désespéré. Il avait aimé sa femme puis sa maîtresse. Il était un ami bien étrange. Pourquoi fallait-il qu'il y eût toujours une femme entre eux deux et que leur amitié si précieuse pour l'un comme pour l'autre fût, sans cesse, ternie de la sorte ? Cependant, depuis que Lucillien avait rencontré Tiphaine, il évitait Amaya. Grâce à cette jeune femme, il allait rendre à Cyprien ce qu'il lui avait ôté depuis si longtemps. Il se rendait compte, pourtant, qu'il allait plonger Amaya dans le désespoir. Elle n'était pas très équilibrée et sa révélation lui porterait certainement un coup fatal dont elle se remettrait difficilement.

— Le coup de grâce ! s'exclama Lucillien à voix haute.

Toutefois, il fallait agir ainsi. Il comprenait qu'il devait être sincère envers Amaya et Tiphaine. Il ne pouvait rien commencer avec cette dernière s'il n'avait pas mis les choses au point avec sa maîtresse. Ce qu'il éprouvait pour Tiphaine était un sentiment bien différent de ce qu'il avait ressenti jusque-là pour Amaya. Il avait été pris de passion pour cette dernière et leurs rendez-vous cachés étaient pour lui un jeu qui l'exaltait.

Avec Tiphaine, ce serait différent. Elle était libre et Cyprien semblait envisager leurs liens plus calmement. Ce serait donc un amour sans nuage, sans problème. D'ailleurs, si Tiphaine était d'accord, il l'épouserait. En effet, il avait déjà perdu trop de temps. Il fallait se dépêcher maintenant s'il voulait fonder une petite famille, à son tour.

— Un bon remède contre la solitude ! se dit-il.

Mais cela signifiait aussi qu'il vieillissait. L'aventure ne le tentait plus. Tiphaine était intelligente et belle. Elle avait un métier qui l'occuperait pendant qu'il réserverait son temps à ses malades. C'était la femme qu'il attendait et qu'il n'espérait plus rencontrer. D'ailleurs, il avait eu peu de temps à consacrer aux femmes. Rester libre, maintenant qu'il avait trouvé Tiphaine, n'avait plus aucun sens pour lui.

Lucillien se promit donc de parler à Amaya dès qu'il le jugerait bon. Ensuite, une fois libéré de ce lien gênant, il se sentirait plus à l'aise pour faire sa demande en mariage. Il essaya d'élaborer un plan de rencontre avec Tiphaine. Puis il sortit pour rejoindre Amaya. Sa décision était prise et il allait dire brutalement à la jeune femme qu'il ne voulait plus continuer une liaison qui les plaçait, tous deux, en marge de la société.

XL

Amaya pleura et supplia. Lucillien resta imperturbable et presque cruel.

— Et Yannis ? cria-t-elle, tout en le questionnant. Il est ton fils !

— Yannis restera mon fils quoi qu'il arrive, répondit calmement Lucillien.

Une ombre bougea derrière le rideau de la salle de séjour. Ni l'un ni l'autre n'y prit garde, trop occupés qu'ils étaient à imposer leur point de vue.

L'ombre descendit dans le jardin et disparut.

Amaya tremblait de la tête aux pieds. Lucillien l'obligea à prendre un calmant. Il lui promit qu'ils resteraient bons amis et qu'il serait toujours là si elle avait besoin de lui. Amaya se raccrocha désespérément à cette idée. Elle reniflait comme une enfant et pour la première fois depuis le début de l'entretien, il eut vraiment pitié d'elle.

— Pauvre petite fille ! souffla-t-il.

Amaya se méprit sur le sens de cette attitude et se jeta dans les bras de Lucillien en sanglotant.

Il la repoussa doucement, gentiment. Alors, elle se prit la tête entre les mains, hurla, se laissa choir sur le sol, puis s'y roula telle une toupie déréglée. Lucillien assistait à la scène, muet, stupéfait, abasourdi devant ce manque de dignité. Aussitôt, il pensa à Tiphaine. Elle n'aurait certainement pas agi de la sorte. Il s'attendrit en revoyant le visage souriant et calme de la jeune femme. Il se mit à l'aimer plus fort encore.

— Tu as rencontré une autre femme ! lança Amaya avec mépris, à bout d'arguments.

Lucillien regarda ce corps allongé sur le carrelage d'où émergeaient une tête ébouriffée et un visage enlaidi par un rictus horrible.

Il tendit sa main à Amaya pour l'aider à se relever. Celle-ci s'y accrocha et lorsque sa bouche arriva à la hauteur de cette main tendue, Amaya y enfonça ses dents avec la force d'une démente. Lucillien ne put réprimer un cri de douleur. Il essaya de dégager sa main et y parvint avec peine. Celle-ci portait la marque des dents d'Amaya en forme d'auréole d'où perlaient quelques gouttes de sang.

Lucillien s'enfuit de cette demeure plus qu'il n'en sortit. Il dévala les marches du perron, quatre à quatre et se retrouva dans la cour. Les pleurs et les cris de sa maîtresse le poursuivaient. Il n'était pas fier de lui et il avait honte d'elle.

Soudain, un sanglot étouffé tout près de lui le fit s'arrêter net. Une forme accroupie se laissait deviner derrière la haie de pyracanthes. Lucillien s'approcha et aperçut Yannis. Il était assis par terre, les jambes repliées et le menton posé sur ses genoux. Il sanglotait doucement. Lucillien se pencha vers lui et le prit dans ses bras. L'enfant n'opposa aucune résistance.

— Comme on est malheureux ! Quel gros chagrin on a ! essaya de plaisanter Lucillien.

L'enfant le regarda droit dans les yeux et Lucillien tourna la tête, gêné par la pureté de ce regard empreint de tristesse.

— Tu nous laisses, maman et moi ? c'est vrai dis ? Tu ne viendras plus nous voir ?

Lucillien frissonna de la tête aux pieds. Yannis savait ! Il avait tout entendu. Il s'en voulut vraiment et serra désespérément contre lui le petit être éperdu, en le rassurant. Puis, il lui fit promettre de ne rien dire à Cyprien.

Le soir tombait et le vent s'était levé à l'improviste, apportant un peu de fraîcheur. Mais le front de Yannis était brûlant de fièvre. Lucillien retourna à l'intérieur de la villa, déposa l'enfant sur son lit, dans la chambre et se dirigea vers la salle de bains où se trouvait la boîte à pharmacie.

Amaya avait rejoint la cuisine où elle tentait de se préparer une infusion. Mais elle avait renversé l'eau et laissé tomber le sachet de fleurs de tilleul séchées. En voyant Lucillien, elle eut un mouvement d'humeur que celui-ci interrompit brutalement en criant :

— Yannis est malade ! Il sait tout !

Puis il alla dans la chambre de l'enfant et procéda aux premiers soins.

Il quitta précipitamment les « Eglantines » pour se rendre à la pharmacie et donner ses instructions à Cyprien. Il était inquiet pour Yannis à cause d'une épidémie de méningite qui sévissait dans la région. Il craignait le pire pour cet enfant qui était le sien et que Cyprien lui avait ravi jusque-là. Lorsqu'il arriva à la pharmacie, celui-ci se préparait à fermer ses portes. Il fut étonné de voir Lucillien affolé et essoufflé, lui qui était toujours si maître de lui, si froid devant les cas les plus graves et qui demandaient les soins les plus urgents. Il vit, dans cette attitude, le signe d'une véritable amitié et malgré son angoisse devant ce que Lucillien venait de lui annoncer concernant Yannis, il trouva la force de lui sourire et de lui répondre calmement.

XLI

Cyprien se dépêcha de rentrer chez lui, avec les remèdes que lui avait ordonné de prendre son ami. Il trouva Yannis endormi et malgré ce que Lucillien lui avait recommandé de faire, il n'osa pas le réveiller. D'ailleurs, l'enfant dormait tranquillement, la fièvre était vraisemblablement tombée. Mais sa surprise ne faisait que commencer, ce soir-là.

Amaya était affalée sur le canapé de la salle de séjour. Elle riait et comme Cyprien allait lui en faire le reproche, elle se leva et se mit à tituber. Machinalement, il regarda à terre et ce qu'il vit le mit mal à l'aise. Il ne comprenait plus rien et crut qu'il faisait un horrible cauchemar. Des bouteilles d'apéritif vides jonchaient le sol. Entre autres, il reconnut une bouteille de whisky. Son étonnement fut à son comble, parce qu'Amaya ne buvait jamais d'alcool, mais seulement de l'eau et du lait et cela même pendant les repas. Que s'était-il donc passé ? Il se souvint alors de l'affolement de Lucillien et il en découvrait maintenant la cause. Amaya chantait et riait, tout en chancelant.

— Heureusement que les enfants ont été invités chez tante Germaine ! songea Cyprien. Yannis avait dû rentrer plus tôt, parce qu'il ne se sentait pas bien, sans doute.

En fait, l'enfant était revenu pour prendre sa veste. Ce qu'il avait entendu n'avait fait qu'accroître son malaise et la fièvre, contre laquelle il avait lutté tout le jour, sans rien dire de peur qu'on l'empêchât de rejoindre sa grand-tante, avait eu raison de lui.

Tout à coup, la sonnerie du téléphone retentit. Cyprien se précipita vers la porte. Puis, il se ravisa, devinant d'où était parti le son. Il décrocha.

— Allo, c'est toi Cyprien ?

Il reconnut la voix chevrotante de tante Germaine. Elle s'inquiétait pour Yannis qu'elle n'avait pas vu revenir. En quelques mots, Cyprien la mit au courant en lui demandant de garder les enfants chez elle. Il ne lui dit rien concernant l'attitude d'Amaya qui le déroutait. Il préférait attendre d'en savoir plus. Tante Germaine accepta volontiers d'héberger tout son petit monde et Cyprien en éprouva un grand soulagement. Il venait de résoudre le problème le plus délicat. Il restait à élucider les raisons de la conduite ahurissante, de sa femme.

Un gémissement le rappela dans la chambre de Yannis. Lorsqu'il passa près d'elle, Amaya se jeta à son cou. Il la repoussa brutalement, offusqué par une pareille attitude et écœuré par son haleine qui sentait l'alcool.

Cette réaction fut immédiatement suivie d'un mouvement de révolte chez la jeune femme. Elle jeta à la tête de Cyprien, abasourdi :

— C'est cela ! Va donc rejoindre le fils de ton cher ami ! Ton ami, Cyprien, qui a tout simplement emprunté ta femme !

— Tais-toi ! hurla Cyprien, tu as bu, tu déraisonnes !

— Ah, oui ? renchérit-elle. Et pour quelle autre raison alors aurais-je bu ? En connais-tu une plus valable que celle-ci ?

Puis, elle s'accrocha à son bras, mais il se dégagea. Elle se jeta à ses genoux pour lui demander pardon et lui annoncer son intention de se suicider s'il lui refusait toute compréhension. Cyprien ne savait plus où donner de la tête. Yannis venait d'appeler à nouveau et bientôt des sanglots se firent entendre. Il se précipita à son chevet tel un automate. Yannis étouffait, il haletait, essayant de reprendre sa respiration. Cyprien eut pitié de lui et le serra dans ses bras, tandis qu'Amaya ricanait, debout sur le seuil de la porte. Il devint rouge de colère et ne réussit plus à se dominer. Il se précipita sur elle et la poussa dehors. Puis, il ferma la porte à clef. Ensuite, il retourna vers le lit du petit malade et essaya de le calmer. Il lui fit avaler les remèdes qu'il avait préparés sur les conseils de Lucillien. Il pensa à ce dernier et se demandait toujours si ce que sa femme avait dit était seulement plausible.

— Une ivrogne ! Comment croire les propos d'une ivrogne ? se répétait-il. Comment aurait-il pu, lui, ne s'apercevoir de rien, pendant tant d'années ? Yannis avait douze ans !

L'enfant venait de se rendormir. Son souffle semblait plus régulier. Cyprien fut étonné de ne plus rien entendre. Soudain le silence lui parut une nouvelle menace tombant sur sa tranquillité. Il ne put croire que son foyer allait retrouver la paix. Il sortit de la chambrette de l'enfant assoupi.

Alors, tel un éclair, un souvenir traversa son esprit. Avait-il le droit de juger Amaya et Lucillien si sa femme avait dit vrai ? Ne devait-il pas plutôt songer à ce qui s'était passé entre Tiphaine et lui-même, au lieu de porter un jugement sur autrui ? Cette observation lui parut tout à fait appropriée et il chercha Amaya pour essayer d'en savoir plus sur son aventure. Il pensa ensuite à Yannis. Le fait de ne pas être son père expliquait les difficultés qu'il avait eues à comprendre cet enfant. Et maintenant, il lui semblait évident d'oublier ce qu'Amaya avait dit pour continuer à jouer le rôle du père et du mari comme auparavant. Lui aussi avait aimé ailleurs et aimait encore. C'était Tiphaine qui avait été plus honnête que lui en refusant de poursuivre une liaison qui les aurait mis, tous deux, dans l'embarras. Quant à lui, il aurait fait ce que sa femme et Lucillien avaient accepté de supporter pour se rencontrer de temps à autre. Il pensa à Lucillien.

— Avait-il aimé Amaya comme lui avait aimé Tiphaine ? C'était peu probable, mais en se remémorant ce qui s'était passé ce soir, il pouvait conclure que Lucillien aimait son fils. Il se rappelait son agitation, son manque de sang-froid, son empressement à voir Cyprien fermer la pharmacie pour apporter les remèdes à Yannis. C'était tout à son avantage. Pouvait-il en vouloir à son ami s'il s'était intéressé à la même femme que lui ? De plus, Lucillien s'occupait des cinq enfants avec le même intérêt et il les avait toujours soignés, en refusant catégoriquement de percevoir ses honoraires. Cyprien, vraiment, ne pouvait en vouloir à personne, ni à sa femme, ni à son ami. Cette conclusion, peut-être un peu hâtive, n'était en fait que le résultat de son immense bonté, car il était bon infiniment et naturellement.

Amaya dormait, étendue sur le canapé de la salle de séjour. Ses traits étaient calmes, toute sa haine avait disparu. Il semblait que ce secret énorme qui avait pesé sur douze années de sa vie et qui l'avait écrasée tout entière, avait fini par la laisser en paix. Mais quel en était le prix ? Rien ne serait plus comme avant entre eux deux. Pourtant, Amaya semblait délivrée, tranquille et heureuse. Cyprien l'envia, car ce calme évident était le résultat de sa confession. Ainsi, ne souffrait-elle plus d'avoir commis une faute. N'était-ce pas le principe même de la confession religieuse et Cyprien, à son tour, ne devait-il pas passer aux aveux pour acquérir cette paix intérieure dont le signe transparaissait sur le visage d'Amaya ?

Cyprien laissa dormir sa femme et se promit de lui parler à son réveil. Il alla ensuite dans la cuisine pour se préparer un repas frugal composé de trois œufs sur le plat et d'une orange. Il se sentait calme lui aussi et moins inquiet pour Yannis. Il avala en hâte sa nourriture et sortit dans le jardin. Il faisait nuit noire. Soudain, une ombre s'allongea sur le mur de l'enclos et sauta à terre, puis s'enfuit sans bruit.

Cyprien reconnut un chat et pensa aussitôt à sa belle-sœur.

— Cette brave Constance ne devait pas avoir les mêmes préoccupations que lui, en ce moment ! Il ne savait rien de sa vie privée. Avait-elle seulement aimé ? Il avait pour cette vieille fille beaucoup de respect et d'affection. Et il savait qu'elle le lui rendait bien.

Il réfléchit à tout ce qui venait de se passer entre Amaya et lui. Constance n'aurait certainement pas agi comme sa sœur l'avait fait. Et cependant, elle finirait ses jours seule, elle continuerait sa lutte solitaire jusqu'au bout, sans se plaindre et sans envier le sort des autres. Elle valait bien mieux que sa sœur, pourtant, c'était sa sœur qui avait tout eu : l'affection des parents, d'un mari et de nombreux enfants qui s'occuperaient d'elle, sans qu'elle eût à se soucier de quoi que ce fût.

Cyprien mettait cette injustice sur le compte de l'apparence. Amaya était jolie et élégante. Constance était laide, aux mouvements gauches et empruntés. L'une était l'opposée de l'autre, physiquement comme moralement. Et qui gagnait dans tout cela ? Celle qui présentait bien, parce que chacun croyait qu'on pouvait faire plus confiance à celle-ci qu'à l'autre. Et comme l'on se trompait ! Les pensées de Cyprien devenaient de plus en plus amères.

Dans le ciel, une lueur soudaine passa, suivie d'une traînée lumineuse. C'était une étoile filante et machinalement, Cyprien souhaita que la paix revînt dans son foyer, particulièrement pour ses enfants. Il leva les yeux vers la voûte céleste où scintillaient des myriades d'étoiles. Quel calme dans ce ciel lointain et mystérieux ! Cyprien huma l'air de cette nuit estivale, chargée de parfums suaves et enivrants. Les grillons faisaient entendre leur grésillement continu et régulier. Cyprien ne se lassait pas de les écouter. Puis, il finit par rentrer se coucher, lassé de tout, même du charme nocturne de ce paysage plein de vie.

Le lendemain, à la pharmacie, il vit arriver Lucillien plus maître de lui que la veille. Il venait prendre des nouvelles de Yannis, en souriant. Il avait deviné que l'enfant allait mieux, puisque Cyprien ne lui avait pas téléphoné. De plus, celui-ci se trouvait à son travail et il paraissait peu inquiet. Cyprien le regarda droit dans les yeux ; alors, Lucillien se sentit mal à l'aise, devant l'insistance de ce regard pénétrant. Il tourna la tête. Toutefois, il se ressaisit aussitôt et demanda des nouvelles de l'enfant. Cyprien lui répondit que Yannis allait mieux, que sa fièvre était tombée et qu'il manifestait le désir de se lever.

Lucillien lui promit de passer chez lui vers midi et demie. Après la scène qu'il avait eue avec Amaya, la veille, il préférait éviter de la rencontrer seule. La présence de Cyprien était nécessaire. Il pourrait lui donner les dernières recommandations concernant les soins que ce dernier prodiguerait à son fils lorsque Lucillien serait parti. En effet, il comptait se rendre à Liel pour y retrouver Tiphaine. Il n'avait que trop perdu de temps. Le regard que son ami lui avait lancé, était une révélation pour lui. Cyprien savait tout et il avait eu le tact de ne pas lui en parler. Les événements allaient donc reprendre leur cours normal et Lucillien sortirait à son tour du tunnel. Il allait vivre au grand jour, avoir une femme merveilleuse et fonder une petite famille. Peut-être aurait-il une fille qui ressemblerait à Tiphaine ! Mais à ce stade, il comprit que sa rêverie était ridicule. Tiphaine avait eu le courage de rompre avec Cyprien, ceci ne signifiait pas qu'elle ne l'aimait plus. Avant de bâtir un avenir qui lui apparut, soudain, lointain et incertain, il devait revoir Tiphaine et lui parler. Il décida de partir dès que Yannis serait hors de danger.

VLII

Tiphaine lisait dans son jardin, sous la tonnelle de vignes vierges un peu folles, qui n'avaient pas été taillées depuis longtemps. Ses frères s'agitaient, comme à l'ordinaire et elle avait du mal à fixer son attention. Elle apercevait son père qui fumait tranquillement sa pipe, tout en lisant le journal. De temps à autre, il levait la tête pour regarder dans le jardin, à travers les carreaux de la fenêtre de la grande salle. Puis, il se retournait et Tiphaine comprenait qu'il commentait ce qu'il venait de lire à sa femme ou à sa belle-mère.

Le portail grinça. C'était l'heure de la tournée du facteur. Il passait au début de l'après-midi dans ce quartier reculé du village. Tiphaine laissa ses frères aller à sa rencontre. Comme elle ne les vit pas revenir aussitôt, elle pensa qu'il n'y avait pas de lettres, mais seulement un journal quelconque. Des bruits de voix lui parvinrent, bientôt suivis d'un crissement de pas. Elle aperçut son père qui s'agitait derrière les rideaux. Il quitta son siège et se dirigea vers la porte d'entrée. En même temps, ses frères apparaissaient, accompagnés d'un visiteur que Tiphaine ne reconnut pas tout d'abord. Elle avait les yeux éblouis par le soleil brûlant d'un été torride et cette personne avançait dans une auréole de lumière étincelante. Soudain elle sursauta, en proie au vertige.

— Lucillien ! souffla-t-elle, à la fois, surprise et inquiète. Elle songea que quelque chose de grave était arrivé à Cyprien. Mais les premiers mots du médecin la rassurèrent sur-le-champ.

— Liel m'a conquis et je suis venu y passer quelques jours pour m'y reposer. Comment allez-vous, Tiphaine ? dit-il en guise de salut.

— Lucillien nous emmène à la montagne, demain ! annoncèrent, joyeusement et triomphalement, Alexandre et Noël. Ils le firent en même temps, comme pour donner plus de force à leur joie commune.

— Nous accompagnerez-vous ? demanda le médecin à la jeune femme, avant que celle-ci eût pu prononcer une seule parole de bienvenue à son intention.

Il était gai et enjoué. Tiphaine eut du mal à retrouver cet ours solitaire dont lui avait parlé Cyprien.

Son père sortit le premier, suivi de très près par sa femme et sa belle-mère, laquelle poussait de petits cris de surprise en guise de bienvenue.

— Très heureux de vous revoir ! s'exclama le père de Tiphaine, en scellant ces mots d'une solide poignée de main.

— Tout le plaisir est pour moi, répondit aimablement le médecin.

— Comme je suis contente que vous soyez ici parmi nous ! ajouta la mère de Tiphaine, en lui tendant la main, à son tour.

— J'ai beaucoup pensé à vous et à votre petite famille, chère madame ! répliqua Lucillien, avec un peu d'affectation qui ne déplut pas à la grand-mère. Celle-ci l'observait avec un petit sourire amusé et ses yeux pétillaient de malice.

Ils s'assirent dans le jardin et Tiphaine alla chercher

du café. Chacun dégusta les petits gâteaux que Lucillien avait rapportés de Porvan et que l'on trouva exquis.

La grand-mère souhaitait connaître ce village d'où venait Lucillien et ce dernier l'invita à lui rendre visite en souriant mystérieusement.

Ce sourire, tout comme les regards insistants que Lucillien jetait en direction de Tiphaine, ne pouvaient échapper à la perspicacité de la vieille femme, toujours à l'affût de quelque idylle commençante, non pour en gloser mais pour s'en réjouir.

La conversation ne varia guère. On parla des élèves de Tiphaine, des malades de Lucillien, des avantages et des inconvénients de la vie quotidienne à Porvan ou à Liel. Chacun formula des comparaisons qui faisaient ressortir les différences ou les ressemblances entre ces deux villages, le mode d'existence de leurs habitants et leurs coutumes.

Lucillien prit congé de la famille Lupini, le soir venu, après le dîner, avec un regret qui n'échappa à personne. Il avait passé un excellent après-midi et une soirée agréable. Il voulut que tous se sentissent concernés par la joie qui avait été la sienne et dont il désirait les remercier.

VLIII

Le lendemain, Lucillien vint chercher Tiphaine et ses frères. La randonnée qu'ils firent dans la montagne laissa à chacun le souvenir enchanteur des sources babillardes, des fleurettes timides, des chamois bondissants. Partout où Lucillien et Tiphaine allaient, Alexandre et Noël les suivaient. Ils ne le faisaient pas par indiscrétion, mais parce qu'ils étaient heureux de parler avec le médecin. Sa conversation était intéressante et les garçons ne se lassaient pas d'écouter ses propos.

Après trois jours de ces promenades accompagnées, craignant que la situation ne fût compromise à cause de ces deux garnements, la grand-mère s'en mêla. Alexandre flanqué de Noël se vit attribuer le rôle de garde du corps et l'excursion changea d'itinéraire. Ce fut à Teil, une ville voisine de Liel, que la grand-mère emmena ses deux petits-enfants, avec l'excuse des achats urgents qu'elle devait y faire. Ils n'y perdirent rien, bien au contraire, car il y eut d'abord le repas dans un restaurant très apprécié, puis les vêtements et les encyclopédies que la grand-mère prodigue n'hésita pas à acheter pour eux.

Pendant ce temps, Tiphaine et Lucillien reprenaient leur

randonnée en montagne. L'air pur et frais les enivrait, tandis que la beauté du paysage verdoyant reposait leurs yeux et détendait leur esprit. Leur bonheur, leur calme et leur équilibre étaient visibles. Pour la première fois, depuis qu'elle avait rencontré Cyprien, Tiphaine reprenait goût à la vie et confiance en elle-même. Elle était gaie et Lucillien s'en rendit compte. Puis Tiphaine voulut lui parler d'elle et de son ami, mais Lucillien s'y refusa, disant qu'il était au courant de leur brève liaison et de leur soudaine rupture. S'il avait écouté Tiphaine, Lucillien aurait dû avouer son amour pour Amaya et toutes ces années passées dans l'ombre d'une femme mariée n'étaient pas à son avantage. Il préférait ne rien entendre afin de n'avoir rien à révéler. Leur amitié resterait basée sur une confiance mutuelle où seul l'avenir compterait.

— Parler du passé ne servirait qu'à rouvrir de vieilles blessures et il y a assez de sang versé inutilement ! répondit-il, lorsque la jeune femme voulut lui raconter tout ce qui avait eu lieu entre elle et son ami.

Ils orientèrent leur conversation vers leur métier et la famille. Lucillien était orphelin et il confia à Tiphaine combien ses parents lui avaient manqué. Il les avait beaucoup aimés et leur disparition commune et brutale avait été pour lui une épreuve difficile à surmonter. Il avait pu lutter seul, grâce à la capacité de travail dont il avait fait preuve et qui l'avait condamné à la solitude. Tiphaine l'écoutait, attentive, intéressée et sérieuse. Ils étaient assis, côte à côte, dans l'herbe parsemée de fleurs blanches et jaunes. Soudain, Lucillien lui prit la main et la jeune femme ne fit rien pour se dégager. Il tint cette main longtemps entre les siennes, comme pour garder le souvenir de sa forme, de ses contours, de sa chaleur.

Le regard de Lucillien se fit ensuite inquisiteur, insistant. Il finit par lui confier qu'il était revenu pour la voir. Il espérait qu'un jour, peut-être, il pourrait mieux la connaître. Mais, il ne voulait pas la brusquer. Il lui mendiait seulement une petite chance et la jeune femme fut émue par tant de prévenances et de bonté. Il n'y avait rien de comparable entre ce qu'elle vivait aujourd'hui avec Lucillien et ce qui s'était passé avec Cyprien ou bien ce qu'elle avait connu auparavant. Elle lui sut gré de tout ce qu'il lui apportait et elle se pencha vers lui. Il l'embrassa tendrement. Alors, tel un éclair apparut à Tiphaine la vision d'un foyer. C'était bien cela, Lucillien était l'homme qui la rendrait heureuse et la protégerait. Ces choses-là se comprennent, sans qu'on puisse en expliquer la raison et la jeune femme venait d'en saisir la signification. Elle se rendit compte qu'elle était arrivée à un point où les chemins se croisent. Il fallait emprunter la route étroite et longue qui la conduirait au bonheur. Aussi, regarda-t-elle Lucillien droit dans les yeux. Elle lui sourit avec une lourde insistance. Et celui-ci lui rendit ce sourire apaisé. Un pacte venait d'être scellé et sans rien se dire, ils savaient tous deux que la promesse qu'ils avaient faite l'un à l'autre, allait être tenue.

XLIV

Lucillien retourna à Porvan transformé, et, le premier à s'en apercevoir fut Cyprien. Il ne put s'empêcher de penser que la rupture avec sa femme lui avait été bénéfique. Et comme elle permettait à Cyprien de retrouver la paix familiale, il ne pouvait que s'en réjouir pour son ami comme pour lui. Toutefois, il était bon, trop bon sans doute, puisqu'il s'attristait sur le sort d'Amaya. Comment réagira-t-elle, lorsqu'elle sera en présence de Lucillien, un Lucillien heureux de toute évidence parce qu'il était amoureux d'une autre femme qu'Amaya ? Maintenant, Cyprien cédait à la curiosité de savoir qui était cette femme. Il n'oublierait certainement jamais ce qui s'était passé entre Lucillien et Amaya, mais il n'arrivait pas à leur en vouloir. Il était persuadé qu'il avait sa part de torts dans tout cela et il lui était plus facile de pardonner que de haïr, parce qu'il était naturellement bon et sans rancune.

— Qui donc pouvait rendre Lucillien aussi joyeux et enjoué ? se répétait-il inlassablement.

Il cherchait parmi les malades de Lucillien, parmi ses connaissances. Il ne voyait aucune femme qui aurait pu jouer un tel rôle. De toute façon, cela ne changeait plus rien pour lui comme pour Amaya. Au contraire, Cyprien ne pouvait que se réjouir devant une situation qui consolidait la sienne. Cependant, une ombre planait sur le bonheur de Lucillien. C'était le souvenir de sa liaison avec Amaya et de ce qu'il en était résulté.

— Devait-il en parler à Cyprien plus franchement ? Il comprenait bien que celui-ci était au courant, car son attitude à son égard était une révélation. Il y avait entre eux une certaine gêne et Cyprien lui manifestait de la froideur.

— Devait-il tout raconter à Tiphaine ?

Toutes ces questions restaient en suspens, bien qu'il en connût la réponse. Il ne pouvait plus se taire ainsi, comme si rien ne s'était passé. Puisque les autres savaient, il valait mieux qu'il donnât sa version des événements. Cela ne pouvait être qu'à son avantage. Il allait, réfléchissant et discutant presque à haute voix, comme il avait coutume de le faire, lorsqu'il prenait une chose à cœur.

Il rendait visite à ses malades et il dut emprunter le chemin des collines, à un certain moment. Il aperçut, sur un versant, un cavalier à l'allure princière qui avait lancé son cheval au galot et qui dévalait la pente à une allure vertigineuse. Il pesta contre cet imprudent dont il serait obligé de raccommoder les membres si celui-ci persistait dans cette voie. C'est alors qu'il reconnut Yannis, son fils, et une étincelle de fierté brilla dans ses yeux, tandis qu'un petit pincement au cœur le fit souffrir en même temps. Yannis était aussi le fils d'Amaya. Ce lien visible et résistant qui l'unissait à la jeune femme le mettait maintenant mal à l'aise, le gênait, l'embarrassait. Le cheval venait droit sur lui et le petit homme semblait avoir du mal à tirer sur les rênes. Lucillien fit un bond de côté et le cheval passa en trombe, emportant son cavalier fier et hautain et qui n'avait fait aucun geste de salut dans sa direction. Lucillien en fut étonné, malheureux et blessé dans son amour-propre et sa tendresse.

L'odeur du thym monta jusqu'à lui. Il venait de fouler une grosse touffe, au bord du chemin, plus épaisse que les autres et plus parfumée. Il aimait cette senteur des collines, l'air pur des bois où poussaient les herbes aromatiques et les pins.

Depuis qu'il était revenu de Liel, il se promettait, chaque jour, d'écrire à Tiphaine pour lui exposer clairement son intention de l'épouser et ébaucher quelques projets d'avenir. Mais, il remettait toujours cette tâche au lendemain, parce qu'il rentrait épuisé et s'endormait presque aussitôt. Ses idées étaient confuses et il craignait de ne pouvoir expliquer avec précision ce qu'il pensait.

Puis, un soir où il était rentré plus tôt que de coutume, il se décida.

Il s'arrêta à l'unique magasin du village où l'on vendait un peu de tout, c'est-à-dire chez Blanda. Celle-ci le conseilla pour le choix de son papier à lettres qu'il emporta enveloppé dans un joli sachet jaune sable, transparent.

Au moment de rentrer chez lui, il aperçut Cyprien qui le salua assez froidement comme il avait l'habitude de le faire depuis quelques jours. Lucillien se retourna et s'avança vers son ami, d'un pas décidé. Il voulait lui faire part de son désir de le rencontrer très prochainement pour avoir une conversation importante avec lui, afin de le mettre au courant de ce qui s'était passé avec Amaya et ainsi, par la même occasion, il lui parlerait de son amour pour Tiphaine.

Cyprien qui devina en partie ce que son ami avait à lui révéler, accepta un rendez-vous pour le jour suivant. Il pensait lui aussi qu'une explication devenait nécessaire parce que Yannis existait.

XLV

Ils se retrouvèrent, le lendemain, chez Lucillien. C'était le jour où venait son remplaçant et où il était moins bousculé dans son travail. Cyprien avait laissé Charlaine à la pharmacie. Ils pourraient donc discuter à leur aise et aussi longtemps que tous deux le désireraient.

Lucillien entra dans le vif du propos et il le fit sans préambule, dès l'arrivée de Cyprien. Ce dernier coupa court à toute révélation de la part de son ami en lui annonçant brièvement qu'il était au courant de sa liaison avec Amaya. Il lui dit aussi qu'il leur pardonnait, mais qu'il ne pourrait jamais oublier ce qui était arrivé, parce qu'il leur avait fait confiance et qu'il souffrait de cette trahison. Lucillien baissa la tête, affligé, vaincu.

Ensuite, la conversation fut orientée vers Yannis. Cyprien acceptait la proposition de Lucillien. Il voulait bien que son ami continuât à voir l'enfant et à s'en occuper comme par le passé. Il lui demandait, en échange, de ne pas apprendre la vérité à Yannis.

— C'est une promesse que je ne peux malheureusement pas tenir, répliqua Lucillien et il en donna la raison :

— Yannis a surpris notre entretien orageux, lors de ma rupture avec sa mère. De surcroît, il semble m'en vouloir, ajouta-t-il, en soupirant.

Cyprien eut pitié de ce père qui ne pouvait crier au grand jour l'amour qu'il portait à son enfant et qui était jugé par celui qu'il aimait. Il ne répondit rien. D'ailleurs, qu'aurait-il pu ajouter devant tant d'abattement ? Il était un peu tard pour des reproches. L'essentiel, puisque l'enfant savait, était de continuer à agir, sans rien changer aux habitudes. Il se souvint combien Yannis s'était montré affectueux envers lui, ces derniers temps. Cyprien comprenait mieux, maintenant. L'enfant avait peut-être peur d'être rejeté, lorsque Cyprien serait mis au courant de la situation. Sans doute, craignait-il d'être obligé de quitter la maison avec sa mère ?

— Que se passe-t-il donc dans cette petite tête ? se demandait Cyprien.

Mais lorsque ce dernier quitta son ami, il était encore plus désespéré que lui, car il savait tout des projets de Lucillien. Il venait d'apprendre son intention d'épouser Tiphaine.

— Voilà, se disait-il en lui-même, et cette fois, il n'avait guère envie de sourire, voilà donc la raison de sa transformation soudaine, de sa rupture avec Amaya. Il pensa instinctivement à sa femme. Elle aussi allait recevoir un choc et cette déception commune les rapprocherait certainement. Mais Yannis, lui, restait seul. Et il se prit à aimer ce petit être que l'erreur des grandes personnes faisait souffrir injustement.

XLVI

On sonna chez les Lupino. C'était le facteur. Les frères de Tiphaine allèrent ouvrir d'un commun accord le portail du jardin. Ils revinrent presque aussitôt, brandissant triomphalement une missive, tout en criant d'une seule voix :

— Des nouvelles de Porvan ! Des nouvelles de Porvan !

La grand-mère qui somnolait en ce début d'après-midi étouffant et brûlant de soleil, se réveilla en sursaut. Rien ne pouvait lui faire plus de plaisir !

Tiphaine se troubla et rougit. Puis, elle se ravisa en pensant que c'était peut-être Constance ou Tilia. Elle ne reconnut l'écriture ni de l'une, ni de l'autre, et son émotion augmenta. Elle s'empara de la lettre et, sous un prétexte quelconque, se réfugia dans sa chambre. Cette fois, ses frères la laissèrent en paix et le silence tomba dans la pièce après son départ.

La lettre de Lucillien montrait son empressement et son sérieux. C'était une demande en mariage qui exigeait une réponse.

— Après cela, disait-il, j'écrirai à votre père afin d'obtenir de lui son consentement.

Tiphaine le trouva un peu vieux jeu mais attendrissant.

Toutefois, elle était heureuse de la tournure que prenaient les événements, après la liaison qu'elle avait eue avec Cyprien. D'ailleurs, Lucillien lui racontait aussi l'entrevue avec son ami.

A la suite de tout cela, il lui parlait d'Amaya et de leur passion, puis de Yannis. Et Tiphaine saisit alors pourquoi Lucillien avait été si compréhensif à son égard. Ce qui la gênait dans tout cela, c'était l'existence de Yannis qui allait relier Lucillien à son passé. Cependant, elle se décida à accepter cette demande en mariage, car elle pensait que c'était une chance et qu'il ne fallait pas la laisser passer, puisqu'elle aimait le médecin et qu'elle avait envie comme lui de fonder un foyer. Elle prépara une réponse brève et décisive. Mais avant de sortir pour poster sa lettre, elle annonça triomphalement la situation à la famille réunie. Tout le monde avait déjà compris et les explications furent vite enregistrées par chacun. Il n'y eut pas de questions superflues, seulement de petits cris approbateurs de sa grand-mère. Elle s'en fut donc, en fredonnant.

XLVII

Lucillien reçut la réponse qu'il attendait avec impatience et écrivit la lettre destinée à M. Lupino. Il comptait retourner à Liel, dès que possible, afin de préparer son mariage car il voulait épouser Tiphaine, avant la fin des vacances d'été. Il le dit dans sa nouvelle missive en souhaitant que chacun fût de son avis.

Lucillien descendit à son cabinet pour recevoir ses malades. Il commençait ses consultations très tôt, l'après-midi et il réservait ses matinées à faire les visites à domicile.

En passant devant la salle d'attente, il jeta un coup d'œil à l'intérieur pour voir s'il y avait déjà beaucoup de monde.

Assise dans un coin, une écharpe en laine autour de son cou, Constance attendait. Elle était seule. Il entra pour la saluer et elle vint à sa rencontre. Il l'invita à le suivre dans son cabinet et il lui demanda :

— Que vous arrive-t-il donc, Constance ? N'avez-vous pas chaud avec votre écharpe ?

— Je suis venue parce que les symptômes que je ressens, toujours les mêmes et qui sont ceux d'une grippe avec des maux de gorge, m'inquiètent par leur fréquence, répondit-elle aussitôt.

Lucillien qui connaissait le caractère inquiet de Constance lui sourit et essaya de la rassurer.

— Il y a un virus en ce moment. Il a déjà fait pas mal de « ravages » !

Constance n'écoutait pas et suivait son idée.

— Je voudrais que vous procédiez à une prise de sang. C'est la raison pour laquelle je suis ici.

— Je ne pense pas que ce soit nécessaire, répliqua Lucillien. Je vais vous examiner.

Il ne trouva rien d'anormal. Toutefois, il conseilla à Constance de revenir. Il voulait lui aussi en avoir le cœur net. Effectivement, il se souvenait qu'il l'avait soignée à plusieurs reprises pour une grippe et les symptômes n'avaient pas toujours été évidents. Cependant, les remèdes avaient fait leur effet.

— C'est sans doute votre malformation cardiaque qui doit vous fatiguer, Constance. Médicalement, il n'y a rien de grave, vous le savez, mais il est normal que vous soyez fatiguée ou gênée.

Constance sortit de chez Lucillien, rassurée. Puis elle alla chez Cyprien pour acheter les remèdes que son médecin lui avait prescrits.

Ce fut Charlaine qui la servit. Constance admira l'aisance de la jeune femme. Elle aussi aurait aimé exercer ce métier et elle se demanda quels diplômes étaient nécessaires pour être préparatrice en pharmacie. Toutefois, elle n'en dit rien à Charlaine. Elle s'enquit, seulement, auprès d'elle, du lieu où se trouvait Cyprien et elle lui confia son étonnement de ne pas le trouver à son poste.

Charlaine lui fit promettre de ne pas répéter ce qu'elle allait lui communiquer.

— Votre beau-frère est un peu perturbé en ce moment. Que voulez-vous, avec le futur mariage du médecin et de ce jeune professeur, Tiphaine, je crois !

— Ah ! fit Constance, je l'ignorais.

Et ces mots de Charlaine la mirent mal à l'aise. Que savait-elle pour s'exprimer ainsi ? Qu'avait-elle remarqué ? Elle travaillait avec Cyprien depuis trop longtemps pour ne pas le connaître vraiment. Constance comprit et n'insista pas. Elle ne voulait pas en savoir plus. Elle se réjouissait de ce mariage qui mettait sa sœur à l'abri d'un divorce. Cependant, elle ne savait pas qu'Amaya était plus fautive que Cyprien.

Avant de reprendre le chemin des « Tilleuls », elle se rendit chez sa tante Germaine qu'elle n'avait pas vue depuis plusicurs jours.

Elle sonna. Seul le silence répondit à son appel, un silence profond bientôt troué par le bourdonnement de quelques guêpes que Constance chassa énergiquement. Elle pressa à nouveau le bouton de la sonnerie, situé à gauche et risqua un coup d'œil par le trou de la serrure. Elle ne vit rien, mais elle entendit quelqu'un qui descendait l'escalier, en marmonnant. Elle se souvint des journées de son enfance qu'elle avait passées à jouer dans le grand escalier. Elle se laissait glisser sur la rampe et sa tante criait, affolée.

La porte, en s'ouvrant, sortit Constance de sa rêverie et le visage vieilli de tante Germaine lui rappela que beaucoup de temps s'était déjà écoulé depuis sa tendre enfance !

La contrariété que tante Germaine avait éprouvée à être dérangée à l'heure de sa sieste, venait de faire place à une immense joie.

— Constance ! Ma petite Constance ! Comme je suis contente de te voir ! Rentre vite ! Et elle l'invita à la suivre dans le petit salon du rez-de-chaussée.

Tante Germaine se mit à préparer une infusion de tilleul pour toutes les deux. Tandis qu'elle s'affairait devant sa cuisinière, elle babillait, se répétait, comme le font souvent les gens seuls qui ne parlent à personne pendant des jours entiers. Dès qu'ils trouvent un interlocuteur, ils déversent sur lui des flots ininterrompus de paroles. Constance se voyait comme tante Germaine, finissant ses jours seule, sans personne à qui parler. Mais elle avait ses petites bêtes et les mots ne sont pas toujours essentiels pour communiquer avec les êtres vivants.

— Tu devrais venir aux « Tilleuls », dimanche ! Tu passeras la journée avec moi, je serai seule. Papa et maman sont invités chez Amaya, lui dit Constance, en espérant faire diversion aux répétitions et aux lamentations de sa tante, par cette invitation.

— Tu oublies mes pauvres jambes ! Je ne peux plus marcher ! Ah ! Constance ! Quand tu auras mon âge, tu verras !

— Je dirai à Cyprien de venir te chercher et il te conduiras en voiture jusqu'à la ferme. C'est tout simple.

Mais tante Germaine ne se laissait pas convaincre. Elle avait ses habitudes. Elle ne voulait rien déranger, même pour un jour. Elle promit à Constance de lui donner une réponse le lendemain.

Constance parla à son tour de sa fatigue, de son travail. Elle avait pris un jour de congé pour se rendre chez le médecin. Germaine demanda des nouvelles de ce cher Lucillien et elle se vanta de ne pas le faire appeler souvent, malgré son âge. Elle ne contractait aucune maladie. C'étaient ses rhumatismes qui la faisaient souffrir.

Constance quitta sa tante un peu avant l'heure du chapelet qui précédait la messe, car c'était vendredi, jour de la Passion, et elle ne manquait jamais de se rendre à l'église, ce jour-là.

Lorsqu'elle poussa la grand-porte, elle se trouva dans l'obscurité. Puis, ses yeux éblouis par la clarté souveraine de l'extérieur s'habituèrent peu à peu à cette absence de lumière et elle aperçut des femmes agenouillées devant l'autel. Elle reconnut Gertrude, Julie, les filles Labire et à droite, se tenait le père Elphège. La prière du soir allait commencer et Constance se réjouit d'être arrivée à l'heure. Elle alluma un cierge à l'intention de sa pauvre grand-mère et de ses oncles défunts pour l'âme desquels elle pria intensément.

Le père Elphège éclaira et le *Notre Père* fut récité dans le recueillement.

L'heure de la messe sonna. Quelques personnes vinrent se joindre au petit groupe. Constance compta douze fidèles et avec le père, ils étaient treize dans l'église.

— Treize ! Un traître est parmi nous ! ne put s'empêcher de songer Constance. Puis, elle eut honte d'une telle pensée qui était fort peu charitable et elle la chassa de son esprit pour écouter attentivement le sermon du père Elphège.

Ses derniers mots, ce jour-là, incitaient ses fidèles à suivre les offices religieux plus régulièrement et à se montrer plus cléments.

Très peu de gens avaient répondu à l'appel des sœurs missionnaires, concernant les couvertures de bébés. Constance n'en avait tricoté qu'une et elle n'était pas très fière d'elle.

Après la messe, elle s'attarda à bavarder avec Julie. Celle-ci lui parla des fleurs qu'elle faisait pousser le long des bas-côtés et qu'elle venait arroser, chaque jour. Constance savait qu'elle allait souvent à l'église, mais pas uniquement pour ses fleurs. Elle lavait le carrelage et les portes, décorait l'autel. Pour toutes ces tâches, elle était obligée de fermer sa boutique, plusieurs heures par jour. Constance l'aimait bien. Elle l'invita à prendre le thé, un après-midi. Julie ne refusa pas.

Puis, Constance prit le chemin des « Tilleuls », tandis que le chant ininterrompu des cigales venait de cesser enfin. Elle se sentait moins fatiguée dans cet après-midi finissant, à l'atmosphère encore alourdie de chaleur et son passage à l'église l'avait rassérénée.

Rox vint à sa rencontre, flaira le sac, espérant quelques friandises.

Emmanuel, Peggy et Sarah l'attendaient, toujours dans la même attitude. Ils se tenaient debout en s'appuyant contre la porte vitrée de la cuisine et ils regardaient à l'extérieur. Constance aimait les voir ainsi. Elle en fut tout attendrie et heureuse.

Elle rentra. Les trois petites bêtes commencèrent à ronronner et à se frotter contre ses jambes. Emmanuel émit un miaulement continu et Constance se baissa. Il posa ses pattes sur l'épaule de sa maîtresse qui le prit dans ses bras, tel un petit enfant. Alors il se mit à ronronner et Constance se sentit tout à fait apaisée en écoutant ce petit bruit familier et doux qui symbolisait toute l'intimité de son foyer.

Après avoir distribué à chacun la pâtée quotidienne, elle ouvrit la porte. Les deux chattes et le chat se précipitèrent à l'extérieur, poursuivis par Rox, fou de joie, devant tant d'animation qui contrastait avec le calme de la journée. Constance en profita pour se changer et préparer son maigre repas composé d'un morceau de fromage et d'un bol de lait. Elle alla manger dans le jardin, sur la table de pierre, non loin de l'allée de tilleuls. De là, elle pouvait surveiller les allées et venues des chats, sans porter atteinte à leur liberté.

Bientôt, la nuit s'avança avec son cortège d'ombres et Constance ordonna le retour à l'intérieur.

— Maison Manu ! maison Peggy ! maison Sarah !

Les trois petites bêtes comprenaient ce signal, mais

elles y répondaient de façons différentes. Peggy obéissait sur-le-champ. Elle fuyait à toutes pattes vers la maison, en sautant par-dessus les obstacles et Constance ne manquait pas de suivre, en souriant, cette rentrée spectaculaire. Sarah se faisait prier mais elle finissait toujours par revenir au foyer. Le plus désobéissant était Emmanuel. Dès qu'il entendait le signal bien connu, il grimpait dans le premier arbre qui se trouvait à proximité et n'en descendait que lorsque Constance, à bout de patience et d'arguments, faisait semblant de s'en aller, aidée dans cette tâche par le fidèle Rox qui désapprouvait fortement cette conduite et aboyait pour manifester son mécontentement. Alors, lentement et fièrement, tel un prince quittant son trône, Emmanuel amorçait sa descente de l'arbre puis, il revenait vers la maison en ronronnant. Craignait-il que sa maîtresse le laissât dehors ? C'était pourtant ce qu'il semblait désirer le plus. Là, Constance ne comprenait pas trop la conduite de son protégé.

Ensuite, elle s'enfermait pour la nuit, avec ses animaux, non sans être allée, au préalable, saluer ses parents qu'elle continuait à vénérer, malgré l'indifférence dans laquelle ils persistaient, à son égard.

XLVIII

Sous la tonnelle, Tiphaine songeait à ce que Lucillien lui avait écrit à propos de sa liaison avec Amaya et elle trouvait le sort bien ironique.

Elle avait sacrifié son amour pour Cyprien, pensant ainsi redonner à une autre ce qui lui appartenait de droit et voilà que celle-ci n'en était pas digne. Maintenant, en acceptant la proposition de Lucillien, elle prenait à nouveau à cette femme des sentiments qui lui étaient réservés.

Tiphaine en était à se demander si elle avait eu raison de répondre affirmativement à cette décision de Lucillien. Elle ne réussissait pas à saisir pourquoi cette femme se trouvait toujours sur sa route pour l'empêcher de réaliser ce qu'elle désirait. Etait-ce le hasard ou la fatalité qui venait entraver son chemin afin que son destin se réalisât autrement ? Elle ne croyait pas à cela. Constance, elle, aurait adhéré à ce genre d'explication et la vision de cette vieille fille crédule, immensément bonne et naïve s'imposa à son esprit. Après tout, c'était peut-être Constance qui avait raison. Elle menait sa petite vie tranquille, entre ses tilleuls, ses infusions, ses animaux, les chapelets du vendredi soir et son travail sans ambition. Elle se dit que cette femme méritait d'être récompensée, mais elle ne sut pas comment. Elle semblait être heureuse ainsi et posséder l'essentiel. L'argent ne l'intéressait pas. Ses animaux lui apportaient l'amour dont elle avait besoin et qu'aucun autre être humain n'aurait mieux donné qu'eux.

Lucillien avait obtenu l'accord de Luc, son remplaçant, qui avait ainsi accepté de rester de garde, tous les weekends, afin que son ami pût rejoindre sa fiancée.

Les trois cents kilomètres qui séparaient Porvan de Liel ne représentaient plus aucun obstacle pour Lucillien. Il conduisait allègrement et ne se sentait pas fatigué. Le bonheur le rendait fort et invincible. Il se croyait plus jeune et sa tête bourdonnait des milliers de projets qui s'y bousculaient.

Tiphaine avait réussi à cacher à Lucillien ses hésitations soudaines. Elle voyait bien qu'il était maintenant trop tard pour revenir sur sa promesse et elle était même heureuse de ne plus pouvoir le faire. Elle aimait le médecin. Il était beaucoup plus âgé qu'elle, mais il était si dynamique et si fort qu'elle le croyait, par moment, plus jeune.

Ils échangeaient leurs projets, assis sous la tonnelle, dans leur jardin de Liel ou dans la montagne de Milly, lors de leurs folles randonnées. On pouvait les apercevoir sur tous les sommets, le long de toutes les pentes. On aurait dit deux hirondelles à la recherche de leur nid.

Quelquefois, lorsqu'ils se trouvaient à Liel, la grand-mère de Tiphaine venait se mêler à la conversation pour leur donner quelques conseils qu'elle jugeait précieux pour leur vie future. Il était question du choix des meubles ou de la robe de la mariée. Elle espérait que l'on ferait un grand mariage et c'était aussi l'avis de Lucillien, mais Tiphaine préférait une cérémonie modeste avec seulement sa famille et quelques amis.

Les bans avaient été publiés et la cérémonie du mariage fixée à la mi-août, afin de permettre à Tiphaine de s'organiser dans sa nouvelle vie avant la rentrée de septembre.

Elle n'aimait ni le début, ni la fin de l'année scolaire. La rentrée était épuisante parce qu'elle ne savait pas dans quelles classes elle allait enseigner et qu'elle ne pouvait rien préparer à l'avance, comme elle le faisait, une fois que tout était organisé, l'emploi du temps donné et les classes connues. La fin de l'année scolaire représentait pour elle quelque chose qui mourait et pour cette raison, elle préférait ne pas penser à l'arrivée des vacances d'été qui mettaient en joie ses élèves. Les grands avaient trouvé quelques occupations rémunératrices qui les enchantaient et les petits partaient en colonie, ce qui ne les rendait pas moins heureux.

XLIX

Le mariage de Lucillien et de Tiphaine eut lieu à Liel. Evidemment, Cyprien et sa famille n'y assistèrent pas. M. et Mme André ne voulurent pas y aller parce qu'ils devaient prendre le train, puisque Cyprien ne pouvait les y conduire en voiture. Il faisait trop chaud et ils se sentaient fatigués pour accompagner Constance qui était prête à braver toutes les tempêtes afin de s'y rendre. Tilia ne vint pas, prétextant la reprise de ses malaises.

Bref, il y avait peu de gens invités par Lucillien. Les convives étaient composés de la famille de Tiphaine et des amis de ses parents. Elle ne put inviter ses collègues qui étaient partis en vacances et elle ne savait trop où ils se trouvaient, à ce moment-là.

Tiphaine s'habilla comme un automate, aidée par sa mère et plutôt gênée par sa grand-mère qui n'en finissait pas de s'agiter. Son père essayait de cacher une émotion qui devenait de plus en plus visible et ses frères, comprenant tout à coup le sérieux de la situation, se taisaient pour la première fois de leur courte vie.

— Tiphaine, Sandra, Laura Lupini, acceptez-vous de

prendre pour époux Lucillien, Simon Tilliet ?

Cette phrase fut prononcée après tant d'autres par un adjoint au maire, rouge de joie et d'orgueil, grâce au rôle qu'il tenait exceptionnellement, ce jour-là.

Tiphaine n'entendait presque rien. Elle était heureuse et triste à la fois et elle songeait à la désillusion de Cyprien, tandis qu'elle voyait, rayonnant de bonheur, le visage de Lucillien s'approcher du sien pour l'embrasser.

Le médecin portait élégamment son costume beige et Tiphaine lui trouva une allure noble qu'elle ne put s'empêcher d'admirer.

Sa longue robe blanche était brodée de fleurs jaunes et son voile ne descendait pas plus bas que ses cheveux qu'elle portait courts et bouclés.

Après avoir répondu par un Oui traditionnel aux questions de l'adjoint au maire et échangé un sourire tout attendri, les nouveaux mariés quittèrent l'hôtel de ville pour se diriger vers l'église où ils pénétrèrent, suivis de leur cortège de parents et d'amis, au son de la marche nuptiale. La cérémonie se déroula dans le recueillement et l'émotion de chacun fut évidente, surtout lors de l'échange des anneaux d'or bénis. Constance pleura discrètement et remercia Dieu qui sauvegardait ainsi la paix du foyer de sa sœur et de ses neveux et nièces.

Le repas eut lieu dans un restaurant champêtre très agréable. Constance ne pouvait espérer mieux, elle qui n'aimait pas ce qui était sophistiqué et guindé. Comme les mets étaient nombreux et variés, elle réussit à ne manger ni poisson, ni viande, ce qui la rendit très fière d'elle.

Tiphaine et Lucillien rayonnaient de bonheur. Ils esquissèrent quelques pas de danse, bientôt suivis par plusieurs autres couples. Constance rejoignit la grand-mère de la mariée et ses frères qui avalaient gloutonnement un nombre impressionnant de pâtisseries : gâteaux aux formes et aux couleurs surprenantes, pièce montée, dragées colorées. Constance goûta un peu de tout et but une coupe de champagne, tandis que les mariés tournoyaient sur la piste, au son de l'orchestre invité pour la circonstance.

Chacun appréciait ce mariage et la joie se lisait sur tous les visages. Au fond, Tiphaine ne pouvait espérer mieux. Les choses se seraient passées autrement si elle avait persisté dans le chemin tortueux, comme elle disait, ce chemin qu'elle avait osé tout d'abord emprunter aux côtés de Cyprien. Elle avait eu de la chance finalement et elle le comprenait enfin.

Soudain, ce fut une fuite éperdue vers l'intérieur du restaurant. Une petite averse s'abattait sur Liel, faisant suite à la journée ensoleillée. Le ciel s'était brusquement obscurci avec l'arrivée de gros nuages lourds et grisâtres.

Les danses se poursuivirent dès que les musiciens furent rentrés, accompagnés de leurs divers instruments. Constance s'assit près d'une fenêtre et regarda tomber la pluie. De grosses gouttes tambourinaient sur les tables que l'on avait abandonnées à l'extérieur.

Ce soir, Constance allait coucher chez Tiphaine, dans sa chambre, puisque les nouveaux mariés partaient en fin d'après-midi vers l'Italie, pour une brève lune de miel.

Le moment venu, ceux-ci s'esquivèrent discrètement, mais ils furent remarqués au moment où ils fermaient les portières de leur voiture. Des jeunes gens se précipitèrent dehors et se lancèrent à leur poursuite. Bientôt, ils disparurent tous, poursuivis et poursuivants. Soudain, ces derniers réapparurent, courant toujours, mais dans le sens opposé à celui où ils étaient partis et pourchassés, à leur tour, par une nouvelle averse plus forte que la précédente, ce qui mit fin d'un coup à leur amusement.

Constance aperçut, au même instant, la Rancho blanche de Tiphaine qui passait en klaxonnant, sur la route en contrebas.

Les mariés allaient changer de vêtements et prendre leurs bagages respectifs. Ensuite, ils se mettraient en route et personne n'était encore au courant de leur itinéraire. Ils enverraient des cartes postales et téléphoneraient, de temps à autre, pour rassurer la famille.

Constance eut du mal à trouver le sommeil. Elle devait partir tôt, le lendemain et c'était M. Lupini qui s'était proposé de la conduire à la gare. Elle avait apprécié l'hospitalité de ces gens dont elle avait noté la gentillesse et l'extrême sensibilité. Elle était heureuse pour eux et pour Tiphaine que les événements aient eu une fin aussi positive.

Le lendemain, elle fut surprise de trouver toute la maisonnée sur pied de si bonne heure. On lui servit un bol de café noir et des croissants bien chauds. Puis, M. Lupini, flanqué de ses deux fils, prit les légers bagages de Constance.

Celle-ci se prépara au départ. La mère et la grand-mère de Tiphaine l'accompagnèrent jusqu'au portail, au bout de l'allée et l'embrassèrent. Elles avaient les yeux rougis. Sans doute avaient-elles pleuré au départ de leur chère Tiphaine. Constance les salua à nouveau, lorsqu'elle fut sur la route, puis le feuillage des arbres les cacha à sa vue.

Elles disparurent, comme disparurent Liel et les trois silhouettes de ses accompagnateurs, lorsque le train démarra.

Un paysage de montagne défila sous les yeux de Constance émerveillée par tant de prés verdoyants où paissaient des vaches ruminantes. Des vols de corneilles obscurcissaient l'horizon barré par des rangées de sapins vert foncé. Constance aurait voulu vivre dans cette région aux vastes plaines où la couleur verte dominait.

Puis, elle s'endormit, bercée par le bruit monotone et le mouvement régulier du train.

Quand elle se réveilla, elle vit la gare de Tanec qui passait à toute vitesse, devant ses yeux alourdis de sommeil.

— Il était temps ! soupira-t-elle.

Elle se leva, prit ses bagages et elle s'approcha de la porte de sortie, afin de ne pas manquer de descendre au prochain arrêt, celui de Porvan.

Elle se rendit chez Tilia, dès son arrivée, pour lui raconter comment s'était passée la cérémonie des noces de Tiphaine. Mais Tilia avait l'air très fatigué et Constance abrégea son récit. Tilia avait du mal à lui répondre. Elle était essoufflée et triste et Constance n'insista pas. Dès sa tasse de café noir avalée, elle la quitta en lui promettant de revenir prendre de ses nouvelles. Tilia la vit partir avec un réel soulagement. Puis, elle pleura longtemps, la tête entre ses mains. Pour elle aussi, restait un chagrin immense et absurde et elle ne pouvait s'empêcher de penser qu'au fond, tout était bien ainsi.

Constance s'en alla, inquiète pour la santé de son amie.

L

La voiture de Tiphaine et de Lucillien traversait le paysage doux et ensoleillé de la Toscane, aux cyprès immenses et droits qui semblaient vouloir atteindre le ciel d'un bleu pur et intense.

Ce que Tiphaine vivait avec son mari était un amour tellement différent de celui qu'elle avait éprouvé pour Cyprien.

Lucillien l'aimait tendrement et il n'y avait rien de comparable avec cette passion-éclair, cette folie qui l'avait prise et emportée dans le tourbillon d'un après-midi chaud de soleil où craquetaient les cigales.

— Je te présente la terre de mes ancêtres ! s'exclama Tiphaine avec emphase. Voici la terre des Etrusques !

— Tiens, je ne te connaissais pas des origines aussi lointaines et obscures ! répliqua Lucillien, sur le ton de la plaisanterie.

Puis ils échangèrent un regard amusé et tous deux éclatèrent de rire.

Ils s'arrêtèrent à Florence et montèrent jusqu'au belvédère. La ville s'étendait à leurs pieds, baignant dans un azur suave, incomparable de pureté.

Ils se rendirent ensuite au baptistère où Dante fut

baptisé, au dôme où Tiphaine montra à son mari une statue sculptée par Michel-Ange, une des quatre « Pietà » qui se trouvaient dans le transept. Ils admirèrent le campanile de Giotto et allèrent visiter le palais des Médicis.

Lucillien qui n'était jamais venu en Italie, ne cessait de s'extasier sur la beauté des œuvres d'art qui lui étaient présentées. Il ne connaissait de l'Italie que ce qu'on lui en avait dit, c'est-à-dire qu'il l'avait vue, jusque-là, comme un pays où régnait l'incompétence. Il se demandait pourquoi il avait été à ce point abusé.

Souvent, pensait Lucillien, l'on ne voulait donner à une personne ou à un pays qu'une seule apparence. Alors, le dénigrement commençait, allait bon train, s'amplifiait et l'erreur s'installait.

Le lendemain, ce fut Sienne qui apparut sur un plateau, entourée de collines aux formes douces, au bout d'un paysage enchanté.

Ils mangèrent des lasagnes au four sur la place du Campo, rendue célèbre grâce au Palio, une course de chevaux exceptionnelle de par sa beauté mais aussi sa cruauté.

En fait, la course proprement dite ne durait que trois minutes, mais le cortège historique faisait le tour de cette place ovoïde, pendant une heure, avec son char à bœufs et ses représentants des différentes « contrades », c'est-à-dire des quartiers de la ville. Ces personnes étaient vêtues d'habits aux couleurs criardes, lançant leurs drapeaux dans les airs et les rattrapant, avec une dextérité peu commune.

Tiphaine revoyait celui de chaque « contrade », l'Oie, la Tour, la Chenille et tant d'autres encore dont elle avait oublié le nom. La « contrade » qui gagnait la course devenait importante dans la ville qu'elle dirigeait quelque peu. Aussi, faisait-on venir les chevaux de loin, de la Sicile, avec leurs jockeys et chacun, à tour de rôle, allait les surveiller afin que les cavaliers ne fussent ni enlevés, ni corrompus, ou leurs montures droguées.

Les préparatifs de cette course prenaient une semaine au moins, pendant laquelle on s'entraînait dans les rues de la ville et c'était un spectacle riche en originalité et en costumes variés, qui s'offrait aux yeux des touristes venus nombreux de toutes les régions d'Italie et des pays étrangers pour assister au Palio.

Le jour de la course, la foule occupait les gradins disposés autour de la place et s'entassait également au centre de celle-ci. Alors, c'étaient des cris, des hurlements et beaucoup de gens s'évanouissaient. Les carabiniers avaient fort à faire, ce jour-là. Ils devaient emporter les malades, aidés des infirmiers prévus spécialement à cet effet. Ils avaient aussi le devoir de maintenir une foule en liesse, dès que le signal de la course était donné et le gagnant annoncé.

C'était une journée épuisante pour tous, pour les cavaliers et leurs chevaux, pour les spectateurs et les habitants des « contrades ».

Suivaient des repas pantagruéliques dans le quartier victorieux avec des soirées interminables pendant lesquelles les vieux bavardaient, racontant les exploits de leur « contrade » et les jeunes dansaient.

Tiphaine se souvenait de tous ces détails. Elle avait séjourné un mois dans le quartier de l'Oie et celui où elle déjeunait maintenant, avec son mari, c'était la Tour. On l'appelait ainsi parce qu'une tour s'élevait dans un coin de la place. Chaque « contrade » avait reçu son nom d'une légende ou d'un fait sans importance comme celui-ci.

Lucillien était enchanté par les récits de sa femme qui montraient sa culture et l'intérêt qu'elle portait au pays de ses origines.

Ils passèrent une nuit à Sienne et le lendemain, ils descendirent vers Tarquinia où ils visitèrent les tombes souterraines des Etrusques. Puis, ils traversèrent Rome et le Vatican pour remonter rapidement vers le Piémont dont Tiphaine était aussi originaire. Ils devaient se dépêcher car Lucillien ne pouvait abandonner ses malades plus longtemps.

La beauté verdoyante du Piémont leur rappela un peu Liel. Ils dînèrent à Turin, la capitale de cette région, ville riche et industrielle qui ne souffrait aucune comparaison avec celles qu'ils avaient visitées. La différence entre le nord de l'Italie, industrieux et sévère, et le centre riche en œuvres d'art, ou le sud appauvri, leur apparaissait plus nettement encore après leur randonnée. Les gens aussi étaient différents et Lucillien s'amusa du contraste qu'il voyait dans cette Italie dont il comprenait mieux, maintenant, l'union tardive entre les régions. L'unité italienne, pour laquelle Mazzini s'était battu, ne datait que du XIXe siècle. Tiphaine pensa à cette époque que l'on avait appelée le « Risorgimento ». Des gens avaient lutté pour unifier un pays qui restait divisé à cause de la dissimilitude de ses régions. Même la nourriture n'était pas comparable. La polenta au lait était la spécialité de ce coin de montagne où Tiphaine et son mari venaient de déjeuner.

Maintenant, ils se rapprochaient de Porvan et Lucillien conduisait à une allure vertigineuse, songeant à tous ses malades qui l'attendaient.

La route qu'ils empruntèrent, devint étroite et immensément droite, bordée de champs et de prés. Tiphaine admira le paysage et, cette route qu'elle venait de prendre aux côtés de Lucillien, si longue et rectiligne, lui sembla soudain le symbole de son propre choix.

— On a la vie que l'on se fait ! soupira-t-elle.

TROISIEME PARTIE

LA TOILE D'ARAIGNEE

LI

A Porvan, Tiphaine eut beaucoup de choses à régler pour parfaire son installation dans la maison de Lucillien. Elle dut se rendre à Tanec afin de prendre les quelques affaires qu'elle y avait laissées, croyant vivre à nouveau dans son appartement, à la rentrée scolaire. Mais que d'événements s'étaient déroulés depuis ce jour où les tilleuls embaumaient !

Lucillien avait acheté cette maison, quelque temps après son arrivée à Porvan. Elle s'élevait sur deux étages. Le rez-de-chaussée avait été consacré à son cabinet et à la salle d'attente. Ces deux pièces étaient vastes, ensoleillées et claires. Il faisait bon y travailler.

Une autre salle attenante à son cabinet, non moins spacieuse, lui servait de bureau. Elle donnait sur une cour intérieure, très grande, où le soleil pénétrait à flots et où Marie-Josèphe, la bonne de Lucillien, faisait pousser des arbustes et des fleurs.

Tiphaine pouvait donc installer son bureau, dans une pièce du premier étage où trônaient la salle à manger, le salon, la cuisine et une immense salle de bains. Le second étage était réservé aux chambres et au-dessus, le grenier servait de débarras.

Tiphaine aima cette maison au moment même où elle y entra et lorsque Lucillien lui fit part d'un nouveau projet, elle lui conseilla d'en retarder la réalisation. Il s'agissait d'un terrain que le médecin voulait acquérir pour y faire construire une villa et aller ainsi vivre à la campagne, car il connaissait les goûts prononcés de Tiphaine pour la nature et les animaux.

A ce sujet, d'ailleurs, quelqu'un n'avait pas perdu de temps. C'était Constance !

Elle était arrivée, un après-midi, avec un chaton roux dans ses bras, qu'elle avait trouvé, abandonné Dieu sait où et que Tiphaine adopta aussitôt. Elle l'appela Dieudonné.

Dieudonné était beau et fier. Il marchait en levant haut ses petites pattes.

Prenant pour prétexte tout ce travail qui l'attendait chez elle, Tiphaine en profitait pour éviter de sortir. Quand elle voulait respirer un peu d'air, elle allait dans la cour où les jeux de Dieudonné l'amusaient et la délassaient.

Mais ne craignait-elle pas plutôt de rencontrer Cyprien, si elle allait par les rues de Porvan ? Et, lorsque Lucillien lui en fit gentiment la remarque, elle rougit, balbutia et se troubla. Celui-ci comprit et n'insista pas.

Souvent, Tiphaine pensait au jour où elle était venue pour la première fois à Porvan, chez Tilia. C'était le début du mois d'avril et les pruniers, les cerisiers arboraient leurs robes blanches parfumées.

Elle n'était pas encore allée rendre visite à son amie et elle s'en fit le reproche. Elle se promit de pallier cet oubli, le plus tôt possible.

Lorsque Tiphaine se décida à quitter sa maison, il faisait un temps splendide, ensoleillé et clair.

Elle alla sonner à la porte de Tilia. Celle-ci vint lui ouvrir en robe de chambre et elle fut si étonnée de cette visite que la surprise se lisait sur son visage et dans ses yeux. Tiphaine éclata de rire.

— Rassurez-vous, Tilia ! Je ne suis pas une revenante !... Je suis venue prendre de vos nouvelles. Il y a si longtemps que je ne vous ai vue. J'espérais pourtant vous rencontrer à mon mariage.

A ces mots, le sourire contraint de Tilia disparut et son visage s'assombrit. Elle répondit assez évasivement à cette remarque.

— J'ai été malade, Tiphaine ! De plus, je suis un peu sauvage. Je n'aime pas les cérémonies où l'on rencontre trop de gens.

Tiphaine se tut. Elle pensait que Tilia était son amie et cette réponse prouvait le contraire. En fait, Tilia ne semblait pas tellement s'intéresser à Tiphaine et celle-ci en fut peinée. Elle croyait pouvoir compter un peu sur elle, comme sur Constance et elle se sentit soudain seule, malgré l'existence de son mari, de ses frères, de ses parents. Ce qu'elle ressentait à cette minute même était inexplicable. C'était une autre forme de l'amour qui lui échappait et que l'on appelle l'amitié. Cependant, elle ne voulut pas s'attrister davantage et elle demanda à Tilia de la suivre chez Constance. Il faisait beau et une promenade jusqu'aux « Tilleuls » ne pouvait que revigorer une convalescente, ce que Tilia crut volontiers.

LII

Constance lisait sous les tilleuls, lorsque les deux amies arrivèrent. Elle fut très heureuse de les voir et Rox aussi manifesta une grande joie à leur approche. Il n'en fut pas de même pour les chats qui s'enfuirent, dès que les deux silhouettes s'engagèrent dans l'allée, pour ne rien changer à leurs habitudes.

Constance embrassa ses amies et les invita à s'asseoir. Elle était seule à la ferme. Ses parents étaient allés rendre visite à Amaya. Elle leur dit toute son inquiétude au sujet de sa sœur qu'elle trouvait amaigrie et d'une pâleur effrayante. Tiphaine qui ne savait que trop pourquoi, détourna habilement la conversation. Mais Tilia s'en rendit compte et son sourire se figea. Elle ressentait toujours un petit pincement au cœur, en pensant à Cyprien, à Lucillien, à eux deux qui lui avaient ravi l'amour de Tiphaine. Elle ne se rendait pas compte que celle-ci avait aussi besoin de son amitié, de sa présence et de celle de Constance qu'elle aimait pour son originalité, pour cette vie qu'elle menait et qui ressemblait tant à une existence d'un temps révolu. Constance, selon Tiphaine, avait un siècle de retard. Elle aurait dû vivre et aimer au siècle précédent. Et justement, parce qu'elle semblait venir d'un autre monde et d'un autre temps, elle portait en elle un mystère, celui d'un passé lointain que l'on connaissait pourtant. Mais, comme tout ce qui est éloigné et différent, il donnait lieu à mille transformations et devenait un catalyseur pour l'imagination. Cependant, dans tout cela, il n'y avait rien de grave. Tiphaine savait canaliser ses impressions. Il n'en était pas ainsi pour tous les gens qui, en laissant vagabonder leur imagination, nuisaient aux autres et, cela même sans l'avoir voulu. C'était du moins ce qu'elle croyait.

Elle pensa à ce moment précis à une amie qu'elle trouvait intelligente et douce. Elle se souvint de ce qui lui était arrivé.

— Je vous présenterai une amie, Sophia Monto, vous l'aimerez certainement, Constance.

— Celle dont vous m'avez parlé ? interrogea Tilia.

— Oui, je vous ai raconté son étrange histoire, répondit Tiphaine.

— Vous savez ce que j'en pense. Il s'agit là d'un bel exemple de persécution provoquée par des collègues jaloux, envieux ! s'exclama Tilia, peut-être à bout d'arguments.

— Ce serait plutôt la manifestation et le résultat d'une certaine persécution, reprit Tiphaine. On a l'impression, dans tout cela, que le destin de Sophia est des plus étranges. Tout l'accuse et personne ne lui vient en aide. On lui reprocherait même tout ce qu'elle a fait en bien, ses sucès à tous les examens qu'elle a présentés. Elle est restée une simple employée de bureau, mais elle peut se vanter de posséder de nombreux diplômes. Pourtant, elle n'en parle jamais. Elle est toujours silencieuse et lointaine. Elle se sent déracinée. Elle sait que tout ce qu'elle fera, passera inaperçu si c'est bien fait. En revanche, ce qui sera mal fait sera exploité à son insu, transformé, amplifié et cela donnera lieu à mille médisances afin qu'on puisse l'éclabousser.

— Je verrais plutôt là le signe d'un destin contraire, d'une fatalité, d'une malédiction. Mais de quoi parlez-vous, au juste ? questionna Constance dont les remarques échangées entre Tilia et Tiphaine avaient aiguisé la curiosité.

— C'est l'histoire d'une jeune femme que j'apprécie pour ses qualités morales. Elle est d'une grande bonté et ses collègues semblent pourtant l'aimer. Elle réussit dans son travail, bien qu'elle soit de santé très fragile. Une amie a travaillé avec elle, pendant des années et elle a plus ou moins observé ce qu'elle faisait. Nous avons obtenu notre changement en même temps pour le village de Tanec et nous avons donc quitté Mongel, la même année. J'ai vraiment du mal à comprendre ce qu'on peut lui reprocher.

— Si elle est aimée, où est le problème ? demanda Constance de plus en plus étonnée, mais intéressée.

— Il n'y a pas de problème, il y a un enchaînement de faits qui, ajoutés les uns aux autres, accablent quelqu'un. C'est le cas de Sophia, fit remarquer Tilia qui était restée jusque-là silencieuse.

Alors Tiphaine se mit à raconter ce qu'elle savait concernant Sophia.

Celle-ci avait travaillé à Douvan. Là, à la fin de l'année, on lui avait tout simplement annoncé qu'il n'y avait plus de place pour elle. Elle n'avait pas compris pourquoi et elle avait seulement pensé qu'il ne restait plus assez d'heures à assurer au bureau. Elle l'avait cru pendant longtemps. Puis, un jour, la vérité lui était apparue, nette et précise, mais trop tard pour qu'elle puisse se défendre. On avait ainsi réussi à caser quelqu'un d'autre à sa place, en se servant d'une méthode abjecte : la diffamation !

Sophia se servait d'un journal afin d'initier à leurs future tâche les employés nouvellement recrutés. Tel était son travail, cette année-là.

Dans cette revue, se trouvait une page publicitaire où apparaissaient des personnes en tenue légère, présentant des marques de sous-vêtements. Elle lisait à ses collègues des passages extraits de cette revue et qui montraient l'importance économique d'un pays ou d'une région. Elle commentait les images réservées à cet effet et n'ayant aucun rapport avec la page publicitaire. Mais, à cette époque, un esprit malveillant pouvait y trouver matière à diffamation, disait Tiphaine qui répétait plus ou moins bien, à ses amies avides de faits nouveaux, ce que Sophia, elle-même, lui avait vaguement raconté.

Or, ce fut bien cette page que l'on arracha du journal et hors de son contexte, celle-ci prenait un aspect encore plus inquiétant.

Sophia pensa que cette page avait dû être présentée au bureau qui recrutait les employés. Ce n'était que de cette façon qu'elle pouvait comprendre la suite des événements.

Sophia dut repartir à la recherche d'un nouvel emploi et passer de nouveaux examens.

Mais, comme elle n'avait pas pu se défendre, n'étant pas accusée ouvertement et ignorant ce qu'on lui reprochait, de surcroît, cette méthode que Tiphaine qualifiait d'abjecte, allait encore servir, sous une autre forme, cependant. Elle gardait seulement la même appellation. C'était bien de diffamation dont il s'agissait. On se servait de soi-disant preuves un peu trop évidentes pour être réelles et qu'on n'essayait pas de vérifier. Il restait un doute transformé en accusation et ceci convenait tantôt aux uns, tantôt aux autres.

Un jour, à force de réfléchir à tous ces événements qui

semblaient si bien s'enchaîner les uns aux autres, Sophia avait vu juste.

Elle tenta de parler à une personne responsable du bureau qu'elle avait dû quitter. Celle-ci n'avait jamais répondu à ses lettres qui lui demandaient un rendez-vous puis une clarification. Pour Sophia c'était la preuve qu'elle attendait. De toutes façons, il n'était plus temps pour se défendre et elle finit par oublier cette mésaventure qui débouchait sur une nouvelle réussite à des examens. Elle ne regrettait donc rien et pardonnait les offenses. Mais la toile d'araignée était tissée et chacun allait se servir de ses fils dans un but personnel. De cette manière, on pouvait ensuite accaparer son nouvel emploi. Ce que firent quelques collègues intéressés. L'occasion fut saisie dès qu'elle se présenta.

Sophia obtint un poste près de Mongel. Elle passait ses soirées à lire pour se perfectionner dans son travail. Or, l'année touchait à sa fin et tout s'était bien passé pour elle. Grâce à un don d'adaptation inné, elle pouvait s'initier à n'importe quelle tâche et réussir de cette façon.

Or, voilà. Ce que Constance appelait la Fatalité se manifesta à nouveau.

Un soir, Sophia se rendit dans un magasin pour faire ses emplettes. Elle était pressée et ne fit guère attention à ce qui se passait autour d'elle. Elle se souvint seulement, par la suite, que des jeunes filles l'avaient suivie. Elles étaient deux. Mais elle ne les connaissait pas. Plus tard, elle les avait cherchées dans la petite ville, mais elles restèrent introuvables. C'était le début des vacances d'été et le passage de gens inconnus n'avait rien de surprenant. Sophia ne pouvait donc rien vérifier et une fois de plus, tout était bien qui finissait bien pour les autres et mal pour elle.

L'araignée venait de tisser le deuxième fil circulaire.

Sophia se souvenait nettement d'avoir posé son sac dans le chariot, après avoir enlevé son porte-monnaie qu'elle tenait à la main. La poche du sac d'où elle l'avait extrait était restée ouverte. Elle ne se rappelait pas avoir fait une autre opération. Elle se préparait ainsi à passer à la caisse, dans un magasin.

Un homme, les bras croisés, la contemplait, un sourire ironique sur ses lèvres minces. Elle détourna son regard, gênée et étonnée. Elle pensa :

— C'est sans doute quelqu'un de curieux qui regarde ce que j'ai acheté.

Alors, elle jeta machinalement un coup d'œil à son chariot. Elle vit le papier à lettres, les enveloppes, le stylo noir et les divers légumes qu'elle avait pris à des rayons différents. Elle n'aperçut rien d'anormal. Pourtant, l'homme qui l'observait avec insistance, s'approcha d'elle et la pria de le suivre. C'était un surveillant.

Sophia prit alors son sac et y rangea son porte-monnaie. Elle sentit la présence d'un objet résistant dans la poche qui était restée ouverte. Elle s'affola, comprenant soudain qu'il se passait quelque chose qu'elle n'avait pas voulu et qui allait encore l'accabler.

En effet, le surveillant la conduisit dans un coin du magasin. Il sortit un imprimé et un stylo, puis il lui dit :

— Vous avez mis un objet dans votre sac !

— Un objet ? questionna Sophia, épouvantée et devinant peu à peu ce qui arrivait.

Elle sortit son porte-monnaie et dans la poche de son sac, se trouvait un petit tube de rouge à lèvres.

— Je ne me farde pas, fit-elle observer. Pourquoi aurais-je pris ce tube ?

— Vous dites tous la même chose, répliqua, imperturbable, le surveillant au sourire ironique et mystérieux. D'ailleurs, poursuivit-il, la caméra vous a filmée.

Sophia se souviendra toujours de son rire moqueur et triomphateur, de ses yeux où brillait une lueur étrange.

L'homme reprit, profitant de l'état de choc dans lequel se trouvait la jeune femme :

— Si vous ne voulez pas que j'appelle les gendarmes, il faudra que vous complétiez et signiez cet imprimé où vous reconnaissez avoir mis un objet dans votre sac. Nous ne dirons pas de quel objet il s'agit. De plus, vous devrez payer ce tube dix fois son prix.

Cet objet ne valait pas un franc !

Choquée, troublée, affolée, Sophia tenta de réagir mais elle ne réussit qu'à faire ce qui lui était demandé. Elle paya dix francs pour le tube de rouge à lèvres qu'elle abandonna au surveillant. Celui-ci lui promit de déchirer l'imprimé et tout serait oublié, car il pensait que Sophia avait emporté l'objet par inadvertance. La jeune femme qui chercha une explication à tout cela et qui n'en trouva aucune, finit par conclure qu'elle avait vraiment pris cet objet, dans un moment de distraction. Mais, chose étrange, elle avait beau réfléchir, elle ne se souvenait pas de s'être arrêtée au rayon en question.

Elle pensa aux jeunes filles qui l'avaient suivie, pendant tous ses achats, au sourire énigmatique du surveillant. Une fois de plus, cela ne prouvait rien. Les jeunes filles avaient disparu, le surveillant avait cru à sa bonne foi.

Cependant, les événements se transformèrent et la situation de Sophia se compliqua. Elle fut signalée au commissariat de son quartier et à l'usine où elle occupait maintenant le poste d'ingénieur.

L'araignée tissait son troisième fil circulaire !

Quelques jours seulement après cet incident, une matinée où Sophia était en congé, sa voiture lui fut volée sur le parking de son immeuble. Les voleurs firent le plein d'essence, dans de nombreuses stations et s'enfuirent sans payer.

Elle reçut des lettres de menaces et d'insultes provenant des pompistes volés et qui avaient relevé le numéro de son véhicule, obtenant son adresse par ce moyen.

Sophia ne s'était rendue compte du vol de sa voiture que tard dans la matinée puisqu'elle n'était pas sortie de chez elle pour aller travailler. C'était son jour de congé. Ceci parut donc suspect.

Elle arriva au bureau, à pied, essoufflée par quatre kilomètres de marche. Là, un collègue s'exclama, en apprenant ce qui lui était arrivé la veille :

— Et l'ordinateur était donc dans votre voiture ! Ah, monsieur le directeur, on a volé la voiture de Mlle Monto et l'ordinateur s'y trouvait !

— Mais que dites-vous là ! Il n'y avait pas d'ordinateur dans mon véhicule ! s'écria Sophia, de plus en plus étonnée.

— L'ordinateur a disparu de votre bureau !

— Je ne me suis servi d'aucun ordinateur, répondit sèchement Sophia qui commençait à se demander où le responsable du matériel voulait en venir.

— J'ignorais même qu'il y avait un ordinateur dans mon bureau, ajouta-t-elle, puisque je n'ai pas la clé des armoires et vous le savez bien !

— Justement, ce jour-là, répliqua le collègue, j'avais laissé une des armoires ouverte. Et après votre départ, j'ai constaté la disparition d'un ordinateur.

— Je vous répète que je n'ai rien emporté et de surcroît, je n'ai rien remarqué de suspect, répliqua-t-elle avec force.

Et la conversation en resta là.

Pour plus de précautions, elle questionna tous ses autres collègues, mais personne n'avait rien vu.

Cette histoire lui parut étrange et inquiétante. Celui qui avait volé l'ordinateur essayait de la faire accuser. Comme il fallait un coupable afin que ce dernier ne soit pas inquiété, Sophia apparaissait comme la victime désignée. Et le vol de sa voiture arrivait juste en temps voulu.

— Que de coïncidences concordantes ! murmura Sophia.

Ce rusé collègue essayait de lui faire dire que l'ordinateur se trouvait dans la voiture qu'on venait de lui voler. Tout était encore bien pour les autres. Elle restait le dindon de la farce et passait pour la voleuse volée. Rien n'était plus simple, mais il fallait y penser !

Pourtant, on ne put rien prouver contre elle, puisqu'elle était innocente. On préféra attendre la fin de son contrat pour défalquer sur le salaire du dernier mois de travail, le prix d'un ordinateur. On espérait ainsi éviter toute explication.

Mais Sophia téléphona à son directeur qui répondit plutôt évasivement que des collègues l'avaient vue emporter le fameux ordinateur dont elle ne connaissait ni la couleur, ni la forme.

Pour Sophia, cela ne faisait plus l'ombre d'un doute, celui qui l'accusait, était le voleur. Elle demanda donc le nom de ceux qui l'avaient vue prendre l'ordinateur. On ne sut pas lui répondre et on procéda aussitôt à son remboursement.

Tout en resta là jusqu'à l'année suivante où l'araignée revint tisser son quatrième fil.

Ce fut une bande qui disparut dans les mêmes conditions, dans l'usine où elle travaillait maintenant.

On avait laissé l'armoire d'une salle ouverte et le jour même où Sophia s'y était rendue pour compulser un dossier, on constata la disparition d'une bande pour ordinateur.

Ainsi fut-elle à nouveau soupçonnée.

Mais depuis qu'elle travaillait à Tanec, tout se passait bien. Ses collègues étaient gentils et sympathiques. Elle les aimait tous. La responsable du matériel était sérieuse et rien de ce qu'elle avait connu, ne pourrait arriver ici. Toutefois, elle préférait rester sur ses gardes et surveiller attentivement les portes des armoires, les divers objets qui se trouvaient dans les salles, afin que des collègues, plus espiègles que méchants, n'agissent dans le but de la faire accuser et se transforment en voleurs occasionnels, mais discrets.

D'ailleurs, Tiphaine lui avait proposé de la seconder dans cette tâche de surveillance et Sophia avait accepté, car elle se sentait ainsi moins isolée, moins vulnérable, face à ces faits bizarres qui avaient ou non un lien entre eux.

— Je crois que tout ceci est l'œuvre de la Fatalité, interrompit Constance, pour se répéter.

— Je suis persuadée que ces incidents sont provoqués par le hasard et qu'ils ont été largement exploités par des collègues peu scrupuleux, par intolérance ou tout simplement, parce qu'ils pouvaient bénéficier de cet état de faits, en obtenant de cette façon une place qu'ils convoitaient, ajouta Tilia.

Tiphaine réfléchissait à toutes ces remarques. Elles ne lui convenaient pas tout à fait, mais elle ne trouvait aucune solution personnelle. Elle pensait seulement que l'intolérance était le pire fléau de l'humanité. Il engendrait les guerres et il apparaissait à ses yeux, tel un symbole de destruction et de néant.

LIII

Ce jour-là, les langues allaient bon train, sous les tilleuls aux larges chevelures feuillues.

Emmanuel risqua un œil par la chatière et voyant que les trois femmes restaient sagement assises, il s'enhardit et fit quelques pas à l'extérieur.

Peu de temps après, il s'engageait dans l'allée et passait, raide et circonspect, devant les bavardes inattentives. Peggy et Sarah suivirent. Elles semblaient penser que rien n'était tout à fait perdu, qu'elles pourraient profiter de leur après-midi, puisque les visiteuses étaient toujours à la même place. Elles paraissaient inoffensives et les deux chattes commencèrent une série de jeux où la course et le grimper étaient de rigueur.

Soudain, Emmanuel revint vers la maison, à fond de train, affolé. Les deux chattes ne tardèrent pas à l'imiter.

— Ah ? fit Constance, il doit y avoir quelqu'un sur le chemin.

Elle n'avait pas terminé ces mots que la voiture de Lucillien débouchait du sentier et s'engageait dans l'allée de tilleuls. Celle-ci allait lentement, afin de ne heurter aucun animal. Lucillien ne savait que trop ce que représentaient ces petites bêtes pour Constance qui les avait baptisées des noms qu'elle préférait, comme elle l'aurait fait avec des enfants. A cette idée, Lucillien se prit à sourire. Il aimait bien Constance. Ses qualités étaient appréciables et sa bonté, reposante.

— Quel serait son désarroi si elle savait à quelle torture on soumettait les animaux de laboratoire, afin de conduire des expériences utiles à l'être humain ! pensa Lucillien.

Constance luttait pour sauvegarder la vie sous toutes ses formes et pour la protéger. Ainsi, aurait-elle du mal à comprendre que l'on fît souffrir des animaux, qu'on les sacrifiât à la cause humaine.

— Fallait-il vraiment supprimer des vies pour en sauver d'autres ? Parce que l'être humain croyait être plus puissant et plus intelligent que l'animal, fallait-il qu'il devînt plus sanguinaire que lui et qu'il se donnât ensuite bonne conscience ? se demandait Lucillien. Dieu avait-il dit à l'homme : « Tu seras le Seigneur de la Nature et tu asserviras l'animal » ? N'avait-il pas plutôt écrit : « Tu seras responsable de l'animal » ? Ce qui n'est pas la même chose, songeait Lucillien qui, malgré tout, préférait opter pour la première solution.

Il évitait de parler de ce problème à Constance, car tous deux ne pouvaient être du même avis.

Il gara son véhicule sous un tilleul et s'approcha du petit groupe babillard.

Ce qu'il était venu dire à sa femme, n'était pas très gai. Il la savait sensible et il était ennuyé de devoir perturber de la sorte cette petite réunion amicale. Pourtant, il ne pouvait lui laisser ignorer un fait aussi important, surtout après ce qu'elle lui avait raconté concernant cette jeune femme.

Il embrassa Tiphaine et salua ses amies puis il entra dans le vif du sujet.

— Je suis vraiment désolé d'interrompre votre conversation qui semblait si animée, s'excusa-t-il, en s'efforçant de sourire. Mais, je dois t'annoncer, Tiphaine, une bien triste nouvelle, à propos de cette amie dont tu m'avais parlé.

Il s'était empressé d'ajouter ces derniers mots, car il craignait que sa femme ne s'alarmât inutilement pour sa famille. Le choc qu'elle allait recevoir était déjà bien suffisant sans qu'elle imaginât quelque chose de pire encore.

Tiphaine s'était levée instinctivement et ses deux amies l'avaient imitée.

— Qu'est-il donc arrivé à Sophia ? demanda-t-elle, inquiète et ce même sentiment d'angoisse se lisait dans les yeux de Constance et de Tilia.

Lucillien éprouva, tout à la fois, une sensation de malaise et de honte, à devoir ainsi jouer le rôle d'un oiseau de mauvais augure.

— Sophia a été trouvée morte, dans le train qui la conduisait à Tanec. Elle revenait de son village natal où elle était allée passer ses vacances.

La foudre tombant sous les tilleuls, n'aurait pas provoqué plus d'effet. Aucune des trois femmes n'avait songé à cette mort. Voilà donc le dernier fil, droit, celui-là, qui reliait la toile d'araignée à un point fixe, l'au-delà.

Constance vit passer un nuage devant ses yeux. Il était épais et gris, troué çà et là, de quelques points scintillants. Elle crut qu'elle allait tomber et se raccrocha au bras de Tilia. Tiphaine avait pâli, saisissant soudain toute l'ampleur de cette brutale révélation. Puis, elle glissa au sol, sans connaissance.

Lucillien la prit dans ses bras et la porta délicatement dans la chambre de Constance où celle-ci l'avait précédé, affolée. Seule Tilia gardait son calme. Elle ne connaissait pas Sophia et elle n'était pas aussi sensible que les deux autres femmes. Elle fut utile à Lucillien qui ranima rapidement Tiphaine et, après l'avoir auscultée, il la regarda en souriant. Ce sourire se voulait révélateur, mais personne n'y prêta attention, à cause de la gravité du moment.

Après réflexion, les trois femmes décidèrent d'un commun accord de se rendre au commissariat de Tanec.

Tiphaine raconterait ce qu'elle savait à l'inspecteur chargé de l'enquête, Constance et Tilia l'accompagneraient.

Lucillien essaya de les raisonner mais, en vain.

— Ta collègue m'a dit que l'on avait trouvé Sophia morte dans le train d'onze heures. On ne sait pas de quoi elle est morte.

— C'est justement ce qu'il faut savoir ! s'écria Tiphaine.

— Alors, attendez jusqu'à demain, avant de remuer ciel et terre. Vous risquez d'orienter les recherches dans un mauvais sens.

Lucillien, inquiet pour la santé de sa femme, préféra mentir. Il passa sous silence son complément d'informations. Sophia avait été découverte dans son compartiment, par le contrôleur chargé de vérifier les billets des voyageurs. Elle était seule, assise sur la banquette, la tête renversée en arrière. Du sang coulait de sa tempe. Elle ne paraissait pas avoir subi une autre forme de violence. L'autopsie en dirait plus long.

Lucillien emmena sa femme et Tilia, laissant Constance seule et affligée. En route, ce fut le silence. Aucune parole ne fut échangée entre eux jusqu'au village. Chacun d'eux poursuivait une idée personnelle et réfléchissait.

LIV

Le lendemain, Tilia vint sonner très tôt chez Tiphaine. Elle était bouleversée.

Lucillien était parti pour faire ses visites à domicile. Elle venait dire à son amie ce que celui-ci leur avait caché la veille et qu'elle avait appris par le journal du matin. Elle fut contente de trouver Tiphaine seule, car elle put l'encourager ainsi à se rendre au commissariat afin de dire ce qu'elle savait.

Pendant que Tiphaine se préparait en hâte, Tilia sortit pour téléphoner à Constance qui accepta d'accompagner ses amies, après qu'elle fut mise au courant de la situation.

Toutes trois étaient si agitées qu'elles ne savaient plus trop ce qu'elles disaient. Elles étaient émues et persuadées que cet assassinat n'était pas un acte gratuit, comme il était écrit dans le journal.

Sophia était orpheline et avait eu une vie sans histoire. Mais tout le monde semblait ignorer l'existence de l'araignée.

Et, quand elles parlèrent au commissaire qui les écoutait, ébahi et perplexe, elles avaient tant de mal à se maîtriser que celui-ci se demanda d'abord s'il n'avait pas affaire à trois personnages échappés d'un roman policier ou à trois folles, sorties la veille, d'un asile d'aliénés.

Il commença donc son enquête par une recherche très discrète, autour de ces trois originales dont l'une s'acharnait à parler de Fatalité et les deux autres, d'une toile tissée par une araignée gigantesque. Mais, ce qu'il apprit sur elles, était positif et il dut prendre la déposition de Tiphaine au sérieux.

Il s'informa ensuite auprès du médecin légiste. Puis, il erra dans les rues de Tanec, en quête du moindre indice. Il prit donc le train pour Mongel afin de retrouver le surveillant de ce magasin, au sourire énigmatique.

Il se fit seconder par son inspecteur, Emile Let, dans cette enquête. Ce dernier avait pour tâche d'en savoir plus sur la vie de Sophia et il partit pour son village de Télit.

Cette mort ne passa pas inaperçue et sema la consternation aussi bien dans Télit que dans Tanec où la jeune victime était une femme très estimée pour son ardeur au travail et son amabilité.

A Mongel, le commissaire interrogea le surveillant du magasin, Jules Miret. Ce qu'il apprit innocenta Sophia à ses yeux de tout ce qu'on l'avait accusée et il abonda dans le sens des « trois folles », comme il avait surnommé Tiphaine, Constance et Tilia.

Jules Miret était un homme prêt à faire beaucoup de choses pour obtenir un avancement quelconque. Telles furent les conclusions de Baptiste Tieut, le commissaire. Après tant d'années, Jules Miret se souvenait avec une précision un peu trop douteuse de ce qui s'était passé. Chaque jour, il était mis en confrontation avec des gens qui dérobaient des objets à ses divers rayons, comment pouvait-il donc se rappeler exactement la scène ?

Baptiste Tieut manifestait toujours un grand mépris pour ce genre de personnes qui, au lieu d'éclairer la justice, semaient la perturbation dans l'esprit du public et encourageaient ainsi les abus les plus ignobles, la diffamation la plus abjecte et donnaient lieu à la pire des injustices, la persécution.

De son côté, Emile Let n'avait pas perdu son temps. Tout ce qu'il avait appris sur la vie de Sophia était positif. Elle était née à Télit et elle y était bien considérée, malgré la jalousie de ses anciennes camarades de classe qui lui en avaient voulu de mieux parler et de mieux écrire leur langue qu'elles-mêmes qui avaient de profondes racines, en ce lieu.

Il ressortait de tout cela que Sophia avait aimé intensément le pays où elle avait vécu.

Au fond, la seule chose qui était retenue, pour ou contre la victime, selon de quel côté on se plaçait, était sa réussite dans ses études puis dans son métier, réussite brillante qui avait dû faire pas mal d'envieux.

Let était un homme intelligent. Il connaissait les dangers de la diffamation et il pensait qu'il fallait lutter contre tout ce qui risquait de développer ce genre de manœuvres et donner lieu aux dénonciations les plus imprévisibles et les moins fondées.

Dans ce domaine, personne n'était à l'abri, ni les hommes célèbres et importants, ni le peuple. Voilà pourquoi Emile Let pensait que la diffamation était dangereuse. De plus, elle plaçait l'être humain dans une véritable toile d'araignée d'où il était difficile de sortir.

— Or, la diffamation est une arme à double tranchant et la toile d'araignée de même. Toutes deux n'épargnent personne. Les événements passés et présents prouvent nettement leur danger, se disait Let, en son for intérieur puis, presque à haute voix.

Mais, Sophia était trop gentille pour retourner l'arme contre ceux qui voulaient sa perte. Il y avait dans le monde, songeait Let, deux sortes de gens, les sacrifiés et les sacrificateurs. Sophia appartenait au premier genre.

Soudain, à l'issue de sa petite réflexion philosophique, l'inspecteur crut saisir la vérité. Et ce fut un éclair ! Sophia, découragée par tant de malchance et de faits qui concordaient trop bien entre eux, avait eu peur du futur, d'un avenir de solitude et d'incertitude où guettait l'araignée. Elle avait mis fin à ses jours et ce meurtre dont il avait pour tâche de découvrir le coupable, n'était autre qu'un suicide. Il s'empressa de téléphoner au commissariat.

— Patron, il y a du nouveau !

Et, sans attendre les questions de son chef hiérarchique, il raccrocha et prit le premier train pour Tanec.

LV

Constance était venue rendre visite à Tiphaine et, au passage, elle avait sonné chez Tilia qui avait accepté de l'accompagner. Toutes trois discutaient ferme au sujet de Sophia.

L'enterrement devait avoir lieu le lendemain. Mais, aucune d'elles n'avait eu l'autorisation de voir le corps de leur amie. Il y avait eu une autopsie et le résultat n'avait pas encore été communiqué. Il était même probable que l'on remît les funérailles à plus tard. Toutefois, Tiphaine avait contacté quelques collègues et une magnifique gerbe de fleurs était en préparation.

A Tanec, au commissariat, on ne prêta qu'une oreille discrète à la thèse de suicide soutenue par l'inspecteur Let.

Dans la nuit, la brigade qui patrouillait dans les environs de Tanec, avait arrêté un suspect. Il était pâle, portant une barbe de deux jours, les yeux hagards, les vêtements sales. Il répondait au signalement que quelques voyageurs avaient donné d'un homme qui se trouvait dans le wagon où l'on avait trouvé le corps ensanglanté de Sophia. Il s'était enfermé dans les toilettes quand le contrôleur était passé et il était précipitamment descendu, à l'arrêt suivant.

Cette attitude avait suffi à attirer l'attention des autres voyageurs et lorsqu'ils avaient appris qu'un cadavre s'était trouvé dans leur wagon, trois d'entre eux s'étaient rendus au commissariat de Tanec. Baptiste Tieut, en rentrant de Mongel, avait eu la surprise de voir celui qu'on accusait, dans son bureau.

L'homme, amaigri par quelques jours de jeûne et fatigué par une longue marche dans la forêt, avait des papiers parfaitement en règle, mais on décida de l'inculper de vagabondage pour le garder, le temps de vérifier ses dires.

Emile Let pensa à Sophia. Si elle n'avait pas été la victime, dans un cas pareil n'aurait-elle pas été la suspecte ? Et, en souvenir d'elle et de ce qu'elle avait vécu, il décida qu'aucune injustice ne se glisserait dans cette affaire. Il se promettait de veiller fermement à cela. Il serait aussi vigilant que ses facultés physiques et intellectuelles lui permettraient de l'être. Il comptait sur le commissaire, un homme intègre et propre. Il savait que personne ne serait inculpé sans de bonnes preuves.

L'étudiant anglais avait dit la vérité. Il se nommait Brian Mill. Il habitait la banlieue de Londres où ses parents étaient honorablement connus. On le relâcha, mais on le fit suivre pour plus de précautions.

Il s'était fait voler tout son argent par une bande de jeunes voyous qui l'avaient roué de coups, histoire de s'amuser un peu. Menacé de se faire tuer s'il parlait, il n'avait pas porté plainte et il cherchait du travail afin d'éviter d'avoir recours à sa famille, procédé qui lui répugnait. Il était monté dans un train, sans billet, et il apprenait seulement maintenant qu'il y avait eu un meurtre, dans le wagon où il voyageait. Or, il n'avait rien à dire, lui, parce qu'il n'était pas allé dans le compartiment du fond. En effet, il se trouvait à l'extrémité opposée, quand son comportement bizarre avait attiré l'attention des autres voyageurs.

Pourtant, son attitude était naturelle. C'était celle d'un homme qui venait de se faire attaquer et qui se retrouvait démuni de tout, dans un pays étranger. Mais les autres ne pouvaient pas le savoir.

Emile Let éclata d'un rire sonore et prolongé, qui fit se retourner les deux collègues chargés de l'enquête comme lui.

— Vous devriez prendre quelques jours de congé, si vous êtes fatigué à ce point, lui conseillèrent-ils tous deux, avec un soupçon d'ironie dans la voix.

— Patron ! cria Emile au commissaire qui entrait. Que pensez-vous d'un suicide ? Vous ne m'avez pas répondu à ce sujet ! lui fit-il remarquer, après l'avoir questionné, tandis que ce dernier restait silencieux.

— Je crois, commença Tieut, que... que ce n'est pas le moment choisi pour vos habituelles plaisanteries ! Le résultat de l'autopsie, ajouta-t-il, vient de prouver que la victime a été frappée à la tempe. Connaissez-vous beaucoup de suicides de ce genre, Let ?

— Pourtant, patron, continua l'autre, quel aurait été le mobile, puisque dans sa vie tout est en ordre et que son argent ne lui a pas été volé ?

— Des faits, Let ! Des faits ! Je n'ai que faire de vos suppositions !

En écoutant Emile, le commissaire pensa soudain à Constance. Les « trois folles » étaient venues à Tanec, dans le but de voir la victime et leur requête avait été refusée.

Constance avait encore parlé de Fatalité et avait timidement avancé l'hypothèse du suicide, immédiatement rejetée par ses deux amies. Et voilà que son inspecteur avait la même idée ! Il réfléchit, puis il interrogea Let.

Ses hypothèses, après tout, ne devaient pas être laissées de côté. Il les écouta attentivement, après quoi il sortit.

Il demanda une nouvelle autopsie. L'enquête piétinait. On lui promit le résultat pour le lendemain. L'enterrement de Sophia n'aurait pas encore lieu. Il pensa que les « trois folles » allaient réapparaître pour s'informer.

— Bon sang ! jura-t-il. Elles ne doivent pas être très occupées, ces trois-là !

Il se trompait. Tiphaine préparait ses cours, Constance et Tilia travaillaient tard le soir, pour remplacer toutes ces heures où elles avaient demandé leur liberté.

Constance avait découvert un petit chat noir, d'environ trois mois, qu'elle essayait de caser et elle avait pensé que le commissaire pourrait l'adopter. Aussi, lui en avait-elle parlé et il avait accepté. Maintenant, il venait d'y repenser et il se prit franchement à rire. Il comptait appeler le chaton Jasmin. Eh bien, Jasmin passerait ses journées seul, mais cela valait mieux que la rue et les terrains vagues d'où ses congénères étaient perpétuellement chassés et où quelques âmes charitables allaient les nourrir à la sauvette.

— Me voilà en train de faire du sentiment ! s'exclama-t-il, à voix haute.

Une vieille femme qui venait de le croiser, se retourna en maugréant.

Voilà plus d'un mois que Tiphaine était mariée. Elle se sentait alourdie et fatiguée. Des nausées lui gâchaient ses matinées entières. Elle finit par en parler à son mari qui lui fit part de ses doutes, surgis le jour où elle avait eu son malaise.

— Constance aussi a souvent des étourdissements, commença Tiphaine.

— Ah, il est bien question d'elle ici ! Tu sais bien que Constance est malade et je la trouve courageuse de lutter de la sorte pour éviter de s'absenter. D'autres en profiteraient, au contraire. Mais, en ce qui te concerne, ce n'est pas une maladie ! Nous allons procéder à un test et tu seras fixée, dit-il.

A son retour de la pharmacie où Lucillien, à son grand soulagement, n'avait pas rencontré Cyprien, tous deux surent qu'ils attendaient un heureux événement.

— Qui avait raison ? questionna Lucillien, en embrassant sa femme.

— Déjà ! soupira Tiphaine. Elle comprit que son année allait être perturbée et son regard s'assombrit à cette idée.

— Après tout, lorsqu'on veut fonder une famille, il est inutile de perdre du temps. Nous ne sommes plus très jeunes...

Lucillien s'interrompit et devint soucieux lui aussi.

— Au fait, peut-être, aurons-nous des jumeaux ou des triplets ?

Tiphaine éclata de rire, mais devant le regard sincère de son mari, elle se tut. A quoi songeait-il ? Puis elle compta à quel moment elle allait accoucher.

Soudain, elle pensa à Sophia. Elle venait d'apprendre que l'enterrement avait été remis et qu'il aurait lieu dans son village natal, à la demande d'une cousine éloignée qui s'était manifestée à cette occasion. Tiphaine se demanda si elle allait pouvoir s'y rendre.

Lorsque Constance apprit, le soir même, que son amie attendait un enfant, elle pensa aussitôt que les tilleuls seraient peut-être en fleur pour la naissance du bébé et, elle ne put s'empêcher de dire :

— Quand les tilleuls refleuriront, Tiphaine, nous serons plus nombreux et plus joyeux.

— Vous aussi, vous songez à Sophia, n'est-ce pas ? questionna Tiphaine. Je souhaite que la lumière soit faite sur ce meurtre, le plus tôt possible, ajouta-t-elle.

— Meurtre ou pas, répliqua Constance qui poursuivait son idée de suicide, il faudra bien que nous allions à son enterrement.

— Bonne Constance ! songeait Tiphaine. Elle ne sait de Sophia que ce que je lui ai dit et déjà elle s'associe à ce triste événement.

A Tanec, l'agitation était grande !

Quelque chose venait de se passer ou, du moins, le commissaire avait fait une déclaration qui supprimait d'un coup toutes suppositions, concernant le meurtre ou le suicide de Sophia.

En effet, les derniers résultats de l'autopsie prouvaient que Sophia était morte d'une crise cardiaque, avant de recevoir un coup à la tempe. Celui-ci avait sans doute été porté par un objet lui appartenant et qui était tombé du filet à bagages. Il avait fallu toute la perspicacité du commissaire pour en arriver à une pareille conclusion.

Il restait à trouver l'objet. On le découvrit. Il avait glissé sous la banquette où il était resté, retenu par un crochet.

C'était une presse-papier, représentant une biche prête à bondir.

Un animal inoffensif, timide et craintif, avait donné tout ce mal au commissaire. Et de plus, il s'agissait d'une imitation !

Tieut pensa à Constance. Au fond, avec sa lourde insistance sur le rôle joué par un destin absurde et hostile, c'était elle qui avait été le plus près de la vérité.

— Au fait, dans toute enquête, il ne faut rien négliger, pas vrai, patron ?

Et, ce fut ainsi qu'Emile Let conclut fièrement.

LVI

L'enterrement de Sophia réunit beaucoup de monde. Des collègues, la mine contrite, les bras chargés de fleurs, étaient arrivés par le train d'onze heures.

Tiphaine avait emmené Constance et Tilia. Elle était pourtant fatiguée par cette grossesse qui la tourmentait.

Constance jubilait. Quand les tilleuls refleuriront, dans son berceau, une poupée vivante respirera l'odeur sucrée de ces fleurs innombrables.

Elle suivait le cortège tout en surveillant Tiphaine dont la pâleur l'inquiétait. Lucillien lui avait recommandé sa femme avec une telle insistance qu'elle en avait été fière et profondément touchée. Elle essayait donc de remplir son rôle du mieux qu'elle pouvait.

En se retournant, elle aperçut le commissaire, flanqué de son inspecteur. Elle trouva cette attention touchante et elle leur sourit. Ceux-ci lui firent un petit signe discret de la main.

Le cortège monta lentement la petite côte qui conduisait au cimetière. Celui-ci s'étendait sur un coteau verdoyant et les tombes blanches, brillant sous un soleil de plomb, aveuglaient.

Constance dut baisser la tête et ses pensées la ramenèrent auprès de Sophia.

Elle se trouvait là, s'attristant pour une personne qu'elle ne connaissait pas, qu'elle n'avait jamais vue.

— Pourquoi ?

Cette question qu'elle se posa à voix haute, fut entendue par Tiphaine qui répondit :

— Vous aviez vu juste, Constance ! C'est le destin absurde, c'est la Fatalité !

Ainsi, son cœur avait-il flanché à cause de tout ce qu'elle avait enduré, à cause d'une toile d'araignée, à cause de l'absurdité d'un destin contraire.

Tiphaine qui semblait adhérer à l'opinion de Constance, n'en pensait pas moins que Sophia était morte, parce qu'elle avait eu l'audace et le malheur de naître dans un lieu où elle n'avait pas ses racines.

LVII

Pourtant, un jour et ailleurs, les tilleuls refleurirent!

Trois bébés joufflus et roses agitaient leurs menottes potelées, tandis que Constance les berçait. C'étaient les enfants de Tiphaine et de Lucillien !

Constance était la marraine de Rachel et Cyprien, le parrain. Tilia et Floraine furent les marraines de Davinia et d'Ermelinde, dont les parrains étaient respectivement Alexandre et le vétérinaire de Tanec, Matthieu Dulet, lequel épousa Floraine qu'il avait demandée en mariage sous les tilleuls fleuris, bourdonnant de guêpes où Emmanuel, Peggy et Sarah, poursuivis par Rox, trouvaient refuge, tandis que Constance, aidée de ses parents, s'affairait à cueillir ces petites fleurs d'un blanc jaunâtre, transparentes et sucrées, en vue de futures décoctions hivernales.

FIN

BIBLIOGRAPHIE

— ALIGHIERI (Dante), *La divine comédie*, Garnier éd., 717 p., Paris, 1962.

— BACHELARD (Gaston), *La psychanalyse des éléments*, regroupant sous ce titre :

La terre et les rêveries de la volonté, José Corti éd., 407 p., Paris, 1948.

La terre et les rêveries du repos, José Corti éd., 339 p., Paris, 1948.

L'eau et les rêves, José Corti éd., 265 p., Paris, 1942.

L'air et les songes, José Corti éd., 306 p., Paris, 1943.

La psychanalyse du feu, Gallimard éd., 184 p., Paris, 1949.

— DAUDET (Alphonse), *Lettres de mon moulin*, éd. Hachette, Paris, 1973.

— PIRANDELLO (Luigi), *Novelle per un anno*, Mondadori éd., 2 t., 1383 et 1251 p., Verona, 1973.

Sogno di Natale, p. 1084, in-2°.

Nouvelles pour une année, traduit de l'italien par Henriette VALOT et Georges PIROUET, Gallimard éd., 3 t., 520, 273 et 392 p., Paris, 1972, 1973, 1978.

— PROUST (Marcel), *À la recherche du temps perdu*, *Du côté de chez Swann*, Gallimard éd., 510 p., Paris 1966.